卓尔文库·大家文丛

绮年琐忆

许渊冲 著

海天出版社（中国·深圳）

图书在版编目（CIP）数据

绮年琐忆／许渊冲著 . — 深圳：海天出版社，2018.1
（卓尔文库·大家文丛）
ISBN 978-7-5507-1961-3

I. ①绮… II. ①许… III. ①随笔－作品集－中国－当代 IV. ① I267.1

中国版本图书馆 CIP 数据核字 (2017) 第 085340 号

绮年琐忆
QINIAN SUOYI

出 品 人：聂雄前
责任编辑：韩慧强　王媛媛
责任技编：梁立新
装帧设计：浪波湾图文

出版发行：海天出版社
地　　址：深圳市彩田南路海天综合大厦（518033）
经　　销：全国新华书店
印　　刷：深圳市华信图文印务有限公司
开　　本：889mm×1194mm　1/32
字　　数：154 千字
印　　张：8
版　　次：2018 年 1 月第 1 版第 1 次印刷
定　　价：45.00 元

策　　划：大道行思文化传媒有限公司
地　　址：北京市海淀区蓝靛厂南路 55 号金威大厦 707—708 室（100097）
电　　话：编辑部（010-51505219）　　发行部（010-51505079）
网　　址：www.ompbj.com　　邮箱：ompbj@ompbj.com
新浪微博：@大道行思传媒　　微信：大道行思传媒（ID：ompbj01）
大道行思公司常年法律顾问：天驰君泰律师事务所律师冯培，电话：010-61848179

目　录

辑三

辑一

路

　　联大门口有两条路：一条是公路；一条本来不是路，因为走的人多了，慢慢成了路。现在走那条近路的人更多，我却不喜欢走大家都走的路。我只喜欢一个人走自己的路：在南昌、在永泰、在黄昏、在月夜，我都有我爱走的路。如果能把我路上的脚印、河畔的影子，都描绘下来，那对于我是多美丽的回忆呵！

　　我过去喜欢一个人走我的路；现在也喜欢一个人走我的路；将来还要一个人走自己的路。

　　这是我在昆明西南联合大学外文系一年级写的日记。那时日本侵略军已经占领北平（就是今天的北京）、天津；北京大学、清华大学、南开大学迁到昆明，组成西南联大。

　　我为什么留恋故乡南昌呢？在20世纪30年代，赣江之滨的滕王阁早已名存实亡，再也看不到"画栋朝飞南浦云，珠帘暮卷西山雨"了。就是"落霞与孤鹜齐飞，秋水共长天一色"的美景，也并不是南昌独有的风光。所以我在江西第二中学读书的时候，并没有什么乡土之恋。但一等到离乡背井之后，我才发现故乡也像健康一样，在失去后才觉得可贵。司空见惯的小桥流水人家，仿佛也旧貌换新颜了。和二中同学刘匡南同坐一辆汽车离开南昌，他在我的纪念册上写道：

> 1937年12月13日，与许君不期而遇于车，沿途休息于八都最久。遂相与散步村之附近，复坐于鲜见大树下闲谈，觉既别于二中，相见甚难，不料犹遇于兹，然自今以后，必难有此乐矣！因执笔记之以为念。

平平常常的几句话，但是我这个初离家门的游子读来，却有了不平常的意义，仿佛字里行间凝聚了一片乡情似的。后来二中迁到永泰，每逢月夜，我喜欢同匡南、燮昌，在赣江之滨散步，望着滚滚北流的江水，仿佛它能把我们滔滔不绝的乡思，带回遥远的南昌。这时我们最爱读的诗句，是李后主的："问君能有几多愁？恰似一江春水向东流！"

我们在江边谈得最多的人物，是教我们国文的汪国镇老师。汪老师的身材矮小，丰富的文史知识浓缩在他胸中；他说话急，恨不得在一小时内讲两小时的课；他走路快，似乎舍不得浪费一秒钟的时间。他给我们讲中国文学史，内容丰富，像亩产千斤的稻田，简直不比大学教授逊色。

日本侵略军占领南京后，汪老师写下了下面的词句："问五

湖，哪有扁舟？梦里江声和泪咽，频洒向故园流。"听说他的学
生惨遭杀害，他写了两首哀悼的诗，一首的最后两句是："一纸
难将两行泪，年年心事付征帆。"

当日军进攻，南昌动摇时，二中准备迁往清江县永泰镇，
汪老师坚决不随校南迁。1937 年 12 月 10 日，我去向他告别，
他用毛笔在我的纪念册上写下了 14 个大字：

　　旧学新知多致用，得师取友愿齐贤。

这两句话体现了他对我们的一片深情厚谊。"学以致用"就
是他教过我们的《论语》中的第一句："学而时习之，不亦说
乎？"今天看来，知识如能用于实践，创造出新的美，那真是世
上最大的乐趣了。"得友齐贤"是化用《论语》中的第二句："有
朋自远方来，不亦乐乎？"幸福如有朋友分享，可以倍增；如不
分享，就会消失。《论语》中的第三句："人不知，而不愠，不亦
君子乎？"他没有写下来，却付之实践了。他有大学教授之才，
却甘心在知名度不高的中学任教；人也不堪其忧，他却不改其
乐，这不是名副其实的君子吗！

1938 年 7 月 2 日，汪老师惨遭日寇杀害。他的学生周礼写
了一阕《水调歌头》，现在节录于后：

　　日寇侵赣，入彭泽，执夫子，骂贼不屈，壮烈牺牲。忆教

诲之深恩，痛忠良之死节，为词以哭，聊当悲歌。

正气今犹在，彭泽一书生。
窥江胡马十万，攒载拥孤城。
不见当年张许，只见纷纷弃甲，烽火使人惊。
金瓯嗟已缺，生死一朝轻。

骂寇贼，申大义，是人英。
男儿所学何事？肯做楚囚鸣？
不负平生宿抱，拼却头颅一掷，浩气振丹青。
华表归来处，一笑大江横。

在汪老师遇难时，我们正在参加中学毕业考试。毕业之后，就要确定人生的道路了，我打算报考联大外文系。但是江西教育水平不高，那时全省甚至没有一所大学，南昌二中虽是全省最好的中学，每年考取名牌大学的毕业生屈指可数，例如曾任中国科学院副院长的吴有训，就是二中首屈一指的首届毕业生，而我并不在屈指可数之列，能考上联大吗？虽然我在小学四年级就开始学英语，但学习方法非常可笑，我把英文26个字母中的最后4个编成口诀："打泼了油，吓个要死，歪嘴！"这样才勉强记住了。后来学习生词，我又在"儿子"（*sons*）下面注音"孙子"，在"女儿"（*daughters*）下面注上"刀豆子"，就是用这样动植物不分、长幼无序的方法死记硬背的，自然对学英文没有什么兴趣。升入中学后，我和同班同学涂葆生、王树椒等都喜欢集邮，而认识英文却可以知道是哪国的邮票，这才觉得英文有点用处。那时我有一个表姊在美国学教育，有一个表哥在欧洲学音乐，我要他们给我寄邮票来，结果得到了美国的自由神像图，德国的萨尔风景票，我玩得爱不释手，仿佛旅游一般。初中三年级时，我写了一篇《集邮的经过》，寄给芜湖《邮话》杂志，那是我第一次在报刊上发表文章，这才增加了学习英文的兴趣。熊式一表叔写了一个英文剧本《王宝钏》，得到英国大作家萧伯纳的赞赏，在英美舞台上演，引起轰动，回南昌来把全家三个"孙子"和三个"刀豆子"，都带到英国去定居，这更加强了我学英文的念头。于是在高中二年级时，我突击背熟了30篇英文，包括莎士比亚《凯撒大将》中的演说词，考试成绩居然从中等跃居全班第二，从人中人变成人上人了，这又加强了我学英文的信心。到了高中三年级，我在永泰河滨读歌德《少年维特之烦恼》的英译本，觉得人与自然融洽无间，这是我从前读郭沫若的中译本感觉不到的，尝到了学外文的甜头，我的决心就下定了。加上那时浙江大学从杭州迁来江西泰和，也带来了西子湖畔的歌声，我们就跟着大学生唱起英文的《江上彩虹》来，仿佛要用歌声组成彩虹，飞上高不可攀的象牙之塔似的。

　　抗日战争之前，名牌大学只在当地招生，要考清华、北大就要北上，不但需要屈指可数的人才，还要屈指难数的钱财，二者缺一不可。平津京沪失陷之后，各大学纷纷迁往内地，举行统一招生考试，并且不收学费，反而发给贷金，这对没有钱财的人才，才是大开了方便之门。于是我们二中毕业班的同学，多半都在浙江大学参加入学考试。我还记得考英文时要写一篇作文，题目是《团结就是力量》。我用比喻开始，说一支箭容易折断，一束箭就坚不可摧；然后言归正传，说如果中国四万万同胞团结一心，全民抗战，那国家就不会被日本鲸吞蚕食了。结果英文得了85分，考取了联大外文系。同时考取的同学有吴琼（现为清华大学英文教授）和万兆凤（江西师范大学英文教授）。还有一个秀外慧中的女同学胡品清，也考取了浙大外文系；她后来成了法国外交官的夫人，离婚后在台湾任法文教授，是个有名的女作家。说来也巧，她比我大一岁，也比我早几年把唐诗宋词译成英文、法文，在欧美出版。所不同的是，她把诗词译成散体，我却译成韵文。我们四个人都是汪国镇老师的学生，而汪老师本人也是北京大学英文系毕业的，他没有完成的事业，总算是后继有人了。我们四个人中，胡品清和万兆凤是全省屈指可数的高才生。万兆凤是全省小学毕业会考第二名，中学毕业会考第四名，后来参加了《唐诗三百首》的英译工作。前面提到的王树椒同学是全省小学毕业会考第三名，考入浙江大学历史系的第一名。他在二中依照庄子的文体写了一篇读书报告，得到汪老师的赞赏，批语是"可以乱真"；后来他写了一篇《府兵制溯源并质陈寅恪先生》，中国历史研究所副所长熊德基教授读后，说他是"文史奇才"。同班同学考取中央政治大学的有贺其治，曾任驻英国利物浦副领事，现在是国际宇航科学院院士。考取交通大学的有徐采栋，曾任贵州省副省长，现在是九三学社中央第一副主席。考取中央大学的有廖延雄，曾任江西省科学院院长。考取厦门大学的有符达，后来是江西电厂总工程师。回想我们这一班人，当年风华正茂，后来各人走上了不同的道路，现在不是幽明隔绝，就是天各一方了。

考取联大之后，我辞别了江西，经过湖南，到了山水甲天下的桂林。看见奇峰林立，漫江流翠，如入仙境。但日本飞机一轰炸，高楼大厦立刻成了断壁残垣，青山绿水笼罩在愁云惨雾之中，天堂一转眼间化为地狱，我又恨不得立刻回永泰去。正是：

> 寄居永泰经风霜，客心日夜忆南昌。
>
> 无端更渡漓江水，却望永泰是故乡。

我正在动摇中，恰巧王树椒、胡品清等也到了桂林，要去宜山上浙江大学。听见胡品清唱《圣露西之歌》，看见这个多情善感的才女都没有流露出离愁别恨，我也就打消了回乡的念头。

在桂林我还认识了联大数学系的同学廖山涛，他穿一件土布大褂，说一口湖南土话，谁也看不出他是数学考第一的新生，后来会得到第三世界科学院的数学奖。我们同到汽车站买去柳州的票，走这条路的人太多，拥挤不堪，花了12个小时才挤到票，所以我再也不喜欢走大家走的路了。到柳州后，我托人买到了经贵阳去昆明的汽车票，开始了崇山峻岭间的万里长征。远看是白云笼罩的重峦叠嶂，身入其境，却成了灰雾朦胧的绿树青山；回顾所来径，又是"苍苍横翠微"了。人生的道路不也是一样吗？在想象的望远镜之前，在回忆的显微镜之下，生活就会发生肉眼看不见的奇光异彩。

到昆明后，我填了一阕《西江月》词：

> 山下白云缭绕，山头马达轰鸣。
> 飞越关山万千重，青天开颜相迎。
> 早有凌霄雄心，今日壮志竟成。
> 魁星楼外树连天，报道已是昆明。
> 想当年笳吹弦诵在山城；
> 愿今后桃李花开满园春！

追忆逝水年华

"桃花谢了，有再开的时候；燕子去了，有再来的时候；消逝了的日子，却一去不复返了。"60 年前小学毕业前夕，就读过朱自清先生这篇名作；1938 年入西南联大，大一国文课堂上，居然亲耳听到朱先生讲《古诗十九首》，真是乐何如之！

这一年度的大一国文是空前绝后的精彩：中国文学系的教授，每人授课两个星期。我这一组上课的时间是每星期二、四、六上午 11 时到 12 时，地点在昆华农校的三楼。清华、北大、南开的名教授，八仙过海，各显神通。如闻一多讲《诗经》，陈梦家讲《论语》，许骏斋讲《左传》，刘文典讲《文选》，罗庸讲《唐诗》，浦江清讲《宋词》，鲁迅的学生魏建功讲《狂人日记》，还有罗常培、唐兰等教授也都各展所长，学生大饱耳福。

记得 1939 年 5 月 25 日，闻一多先生讲《诗经·采薇》，他说"昔我往矣，杨柳依依；今我来思，雨雪霏霏"是千古名句，写出了人民战时的痛苦，达到了情景交融的境界。他讲时还捻捻抗战开始时留下的胡须，流露出无限的感慨。

陈梦家讲《论语》，讲到"莫春者，春服既成，冠者五六人，童子六七人，浴乎沂，风乎舞雩，咏而归"，他挥动双臂，长袍宽袖，有飘飘欲仙之概，使我们知道了孔子还有热爱自由生活的一面。有一个中文系同学开玩笑地问我："孔门弟子七十二贤人，有几个结了婚？"我不知道，他就自己回答说："冠者五六人，五六得三十，三十个贤人结了婚；童子六七人，六七四十二，四十二个没结婚；三十加四十二，正好七十二贤人，《论语》上都说了。"

许骏斋讲《左传·鞍之战》，他身材高大，讲得栩栩如生，使人仿佛身历其境。刘文典讲曹丕《论文》，一边讲一边抽烟，旁征博引，一小时只讲一句。他当过安徽大学校长，见蒋介石的时候，他不称呼"蒋主席"，而称"蒋先生"，被蒋关押起来。

罗庸先生讲杜甫的《登高》："风急天高猿啸哀，渚清沙白鸟飞回。无边落木萧萧下，不尽长江滚滚来。"罗先生说这首诗被前人誉为"古今七律第一"，因为通篇对仗，而首联又是当句对，"风急"对"天高"，"渚清"对"沙白"；一、三句相接，都是写所闻；二、四句相接，都是写所见；在意义上也是互相紧密联系，因"风急"而闻落叶萧萧；因"渚清"而放眼滚滚长江；全诗融情于景，非常感人，学生听得神往。有个历史系的同学，用"无边落木萧萧下"要我猜一个字谜；我猜不出，他就解释说："南北朝宋齐梁陈四代，齐和梁的帝王都姓萧，所以'萧萧下'就是'陈'字；'陈'字'无边'成了'东'字（'东'字繁体是'東'），把'東'字'落木'，除掉'木'字，就只剩下一个'日'字了。"这就是当年联大学生的闲情逸趣。

浦江清先生讲李清照的《武陵春》:"只恐双溪舴艋舟,载不动许多愁。"他说:"用船载愁还载不动,形容愁多,真是妙想天开,出人意外。后来《西厢记·送别》:'泪填九曲黄河溢,恨压三峰华岳低……量这些大小车儿如何载得起!'就是继承和发展了宋词。"

为了继承和发扬祖国的文化,50年后,我把《诗经》305篇,《古诗十九首》《唐诗》150首,《宋词》150首,《西厢记》四本十六折,译成格律体的英诗;又把《唐诗》《宋词》各100首,译成押韵的法文。回忆起来,不能不感激大学时代教我《诗经》的闻一多先生,教《古诗十九首》的朱自清先生,教《唐诗》的罗庸先生,教《宋词》《元曲》的浦江清先生等,但现在却是:"英魂远影碧空尽,惟见长江天际流"了。

记得联大文学院院长、哲学系教授冯友兰先生1939年8月2日在昆中北院做过一次学术讲演。他的头发胡须都长,有个哲学系的同学写了张大字报,慨叹昆明的理发匠要失业了。冯先生讲的是《中和之道》。他说:"一个人可以吃三碗饭,只吃一碗半,大家就说他'中';其实吃三碗才算'中','中'就是'恰好的分量',四碗太过,两碗太少。'和'与'同'的分别是'同'中无'异','和'中却有'异',使每件事物成为'恰好的分量'就是'和',这就是'中和'原理。辩证法的'由量变到质变'是'中','由矛盾到统一'是'和'。"冯先生这番话对我很有启发，我本来少年气盛，争强好胜，这时才明白：尽其所能，有一分热，发一分光，实现自己的价值，才是做人之道。

哲学系为文法学院一年级学生开逻辑课，教材是金岳霖先生编的。冯先生说逻辑是"语经"，是思想的规则，规则是人人应该遵守，实际上也遵守，只是不能完全遵守的；金先生的思想却最遵守规则。他不但逻辑严密，而且语言准确，提出过翻译有两种：一种是译意，一种是译味，对我颇有启发。金先生热恋女诗人林徽因，林先和徐志摩相爱，后和梁思成结婚，金却因此终生独身，在联大传为专情的美谈。1939 年 4 月 28 日，我曾把林徽因悼念徐志摩的新诗《别丢掉》译成韵体英文，这是我译的第一首诗歌，后来登在《文学翻译报》上。

历史系为外文系一年级学生开西洋通史，讲课的是皮名举先生，教室在昆华农校二楼西头。他说不学本国史不知道中国的伟大，不学西洋史又不知道中国的落后。他把西洋史分为五个时期：一是公元前的根源时期；二是公元后 4 世纪起的萌始时期，这是西方各民族迁移、开化的时代，而据《诗经·大雅·公刘》中记载，我国周民族的迁移早在公元前 18 世纪就开始了，相差 2000 多年；三是公元 10 世纪起的滋长时期，也就是封建君主和教会统治的时期，东方封建统治更早，宗教力量更弱；四是 14 世纪起的变革时期，也就是专制君主统治，世俗开始取代教会势力的时期，这时西方开始赶上东方；到了 19 世纪开始的扩大时期，西方科学发达，中国就落后了。对比一下，可以知道中西双方应该取长补短，互相促进，建设新的世界文化。他讲古代史时，把埃及女王克柳芭叫做"骷髅疤"，说她的鼻子假如高了一点，罗马大将安东尼就不会为了爱她而失掉江山，西洋史也要改写，讲得非常有趣。1943年我把埃及女王的故事译成中文，那是我翻译的第一个剧本。

大一时我还选修了浦薛凤、张佛泉先生的《政治学概论》。张先生有一句话给我印象很深，他说整体大于部分的总和。这使我后来想到：一个句子并不等于句中所有的字，所以我翻译时，不但要译句内之词，还要译言外之意。

我在联大读外文系，教大一英文的，上学期是外文系主任叶公超先生，下学期是钱锺书先生。叶先生在欧美留学时，得到英国桂冠诗人艾略特（钱先生译为爱利恶德）、美国桂冠诗人弗洛斯特赏识，自恃很高。二十几岁回国，他就是清华、北大的教授，在清华教过钱锺书的大一英文。对才华超过他的钱先生，他当时就挖苦说："你不该来清华，应该去牛津。"他对学生很严，上课不太讲解，但讲词汇的用法，却很精彩。他讲赛珍珠《荒凉的春天》时，物理系学生杨振宁问他："有的过去分词前用 be，为什么不表示被动？"这个问题说明杨振宁能注意异常现象，已经是打破"宇称守恒定律"、获得诺贝尔奖的先声，但叶先生却不屑回答，反问杨振宁："*Gone are the days* 为什么用 *are*？"杨以后有问题都不直接问他，而要我转达了。叶先生考试也很严，分数给得又紧：一小时考 50 个词汇，5 个句子，回答 5 个问题，还要写篇英文短文。结果杨振宁考第一，才得 80 分；我考第二，只得 79 分；而别的组却有八九十分的。叶先生后来在南京做外交部长，我出国前去看他，他劈面一句话就是："你要出洋镀金去了。"叫我下不了台，只得答道："老师已经镀成金身，学生只好去沙里淘金了。"有人说叶先生太懒，看来不无道理，因为胡适要他和徐志摩、闻一多、梁实秋合译《莎士比亚全集》，结果他一本也没有翻，让梁实秋一个人译完了。

钱锺书先生教我的时候才 28 岁，刚从牛津回国。他在清华时上课不听讲，而考试总是第一的故事，在联大流传很广，使我误以为天才是不用功就可以出成果的。《大一英文》是陈福田先生编选的教材。钱先生 1939 年 4 月 3 日讲的一课是《一对啄木鸟》，他用戏剧化、拟人化的方法，把这个平淡无奇的故事讲得有声有色，化科学为艺术，使散文有诗意，已经显示了后来写《围城》的才华。他讲到大学教育的目的是"知人善任"，使我更了解西方的民主；但他认为民主的原则不能应用于文学批评，也就是说，不能根据读者的多少来衡量文学作品的高低。他还讲过一课《自由与纪律》，大意是说：人只有做好事的自由，如果做了坏事，就要受到纪律制裁。这使我对自由的了解，更深入了一步。6 月 12 日考试的时候，他只要求我们一小时写一篇英文作文，题目却不容易：《世界的历史是模式的竞赛》。和叶先生比起来，他更重质，叶更重量；他更重深度，叶更重速度。

1939 年秋，我上外文系二年级，听了吴宓先生的《欧洲文学史》。吴先生是古典主义的外表，却包含着浪漫主义的内心。他上课非常认真，一丝不苟，连学生的座位都按学号排好。记得坐前排的有外文系总分最高的才女张苏生、演过曹禺《原野》女主角的张定华、后来译《红与黑》的赵瑞蕻，赵的未婚妻杨静庐（杨苡）也译过《呼啸山庄》，按学号应该坐后排，吴先生却照顾她坐在赵旁边，这也可以看出他的浪漫主义精神。中排坐我旁边的是联大校花高训诠（世界闻名的建筑大师林同炎的未婚妻），还有英语说得最好、代表中国童子军见过美国罗斯福总统的罗宗明。当时在美国《诗刊》上发表过英文诗的李廷揆，《九叶集》诗人杜运燮（他们两人是小李杜）等却坐在后排，真是"才子佳人"，济济一堂，井井有条。吴先生上课时说：欧洲文学，古代的要算希腊最好，近代的要算法国最丰富；他最喜欢读卢梭《忏悔录》，认为卢梭牵着两个少女的马涉水过河那一段，是最幸福的生活，是最美丽的描写。这引起了我对法国文学的兴趣，后来去了巴黎大学，回国后又把雨果、司汤达、巴尔扎克、福楼拜、莫泊桑、普鲁斯特、罗曼·罗兰等法国作家的名著译成中文。吴先生还教过浪漫诗人和中英诗比较两门课。他依照英国浪漫主义诗人拜伦的《哈罗德公子游记》写了一篇中文长诗；他赞赏雪莱的名言：爱情好像灯光，同时照两个人，光辉并不会减弱；他说济慈一行诗里有声有色，有香有味，感染力强。他并要我们多背英诗，这使我后来具备了诗词英译的才能，并在北京大学开中英诗比较课；不过，吴先生是用汉语讲唐诗宋词，我却把诗词译成英文了。

再忆逝水年华

　　1943年中文系的汪曾祺在他的《选集》中说："联大的许多教授都应该有人好好地写一写。"他自己就写了沈从文先生和金岳霖先生，同学中他写了王浩、朱德熙等人。王浩今年还从美国回北京来参加了校庆，朱德熙却在美国去世了。清华代有才人出，各领风骚三五年。如果我们不记下同代人的雪泥鸿爪，后人就难免要雾中看花了。

　　清华校长、联大常委梅贻琦先生说过一句名言，大意是：大学不是有大楼，而是有大师的学校。谈到大师，自然会想起清华的四位国学泰斗梁启超、王国维、陈寅恪、赵元任。梁启超在清华讲过"情圣杜甫"，他说杜甫写《石壕吏》时，"他已经化身做那位儿女死绝、衣食不给的老太婆，所以他说的话，完全和他们自己说的一样"。又说："这类诗的好处在真，事愈写得详，真情愈发挥得透彻。我们熟读它，可以理会得'真即是美'的道理。"这是梁任公1922年5月21日在清华文学社做的讲演，予生也晚，未曾亲聆教诲，但有了这点雪泥鸿爪，也就如闻其声了。

　　王国维是1925年才来清华国学研究院任教的，他是"以西洋的文学原理来批评中国旧文学的第一人"，他的《人间词话》"是我国古代文艺理论和美学思想的一个总结"，但他在1927年50岁时，就在颐和园昆明湖自沉了（均见《王国维文学美学论著集》）。赵元任是1923年在美国哈佛大学任教时，兼任清华国学院导师的，1925年才回国就职。他被誉为中国语言学之父，但他长期任美国语言学会会长。所以四大名师之中，我只听过陈寅恪的课。1939年10月27日，我在日记中写道："陈先生讲课时两眼经常微闭，一只手放在椅背上，另一只手放在膝头，不时发出笑声。"我旁听的是"南北朝隋唐史研究"，陈先生谈到做学问之道时说：研究生要提问题，"问题不可太幼稚，如'狮子颔下铃谁解得？'解铃当然还是系铃人了。（大笑）问题也不可以太大，如两个和尚看见帆船，一个说帆在动，另一个说是心在动，心如不动，如何知道帆动？（大笑）帆动与心动的争论就太大了。问题要提得精，要注意承上启下的关键，如研究隋唐史要注意杨贵妃的问题。"后来读到陈先生的《闻道》诗："玉颜自古关兴废，金钿何曾足重轻？"我对他小中见大的看法，才加深了一点体会。

谈到小中见大，我想起了清华外文系主任陈福田，他讲英国作家司各特时，说他的历史小说中，主角常是些小人物，大人物反而放在次要地位，这种主次颠倒，也可以算是小中见大吧。后来我把司各特的名著《昆廷·杜沃德》译成中文了。陈先生在联大除了讲西洋小说之外，还开过大二英文和莎士比亚等几门课。他是一个通才，英语说得比中国话更好，比美国教授温德更流利。他讲纽曼"大学教育的目的"，说大学培养不出天才专家，造就不了英雄人物，只能训练好人，使人能适应社会的需要。教育是用伟大而平凡的方法达到伟大而平凡的目的。看来陈福田就是美国教育培养出来的一个好人，他做人做事都是美国派头，讲求实效，适应需要，热心公益。当时联大同学生活艰苦，他就回美国去募捐，设立檀香山奖学金，奖给总成绩在80分以上的学生，我和王浩都曾得到100美元（那时留美公费，一个月也只有150美元）。他喜爱的英国小说，是描写平常人平常生活的《傲慢与偏见》，美国小说是描写穷苦农民的《愤怒的葡萄》，中国小说则是林语堂刚出版的《京华烟云》（正相反，叶公超却不把这位得到诺贝尔文学奖提名的幽默大师看在眼里，说他的文章远不如兰姆的《烧猪论》幽默有味。其实兰姆讲中国村民为了吃烤猪肉，就放火烧树林，这是感性幽默；林语堂的却是理性幽默）。陈先生讲大二英文时，自己批改作文，而大一英文却是助教改的（那时王佐良、杨周翰、李赋宁、查良铮等都刚毕业，初任助教）。陈先生改作文最重语言，次重内容，记得我写了一篇有自己见解的《谈美》，只得了80分；写了一篇对杜威思想的研究，内容一般，却得了90分。有人说陈先生俗，因为他随便在街上一边走一边吃东西；但在我听领导人讲话，觉得不精彩，就没有鼓掌时，他却当场提出批评，说我不懂礼貌。这也可以算是小中见大吧！

外文系二年级的必修课除大二英文和欧洲文学史外，还有英国散文和英诗。教散文的是北京大学教授莫泮芹。如果说从陈先生身上可以看到清华的精神，那么，从莫先生身上就可以看到北大的风格。他教的是散文，给人的印象也是一个散字。他讲散文从容不迫，毫不紧张。在黑板上写英文字有如行云流水，毫不用力，有同学说他的书法可以叫做"懒散体"。他批评培根之前的骈文，批评蒲伯的诗：

> 创新不带头，弃旧莫落后。
>
> *Be not the first by whom the new is tried,*
>
> *Nor yet the last to lay the old aside.*

我却偏偏抱住过时的对仗不放。结果散文考试得 70 分，是全班最低的分数。幸亏我欧洲文学史考了 93 分，是全班最高的，平均一下，超过了 80 分，这才得到了檀香山奖学金。莫先生还开了大三英文和浪漫诗人等课。其实，他欣赏的是华兹华斯的散体诗，不是拜伦的韵体诗，而拜伦说过：

> 人爱散体我爱韵。
>
> *Prose poets like blank verse, I'm fond of rhyme.*

莫先生和热爱拜伦、写字一笔不苟的吴宓先生正好形成了鲜明的对比。

外文系英诗课的教授很多，除了吴、莫二位先生，中国教授有谢文通、卞之琳，美国教授有温德、白英。但最著名的是《诗论》作者朱光潜，听说他在北大讲诗欣赏，一小时只讲四行，听得令人神往。可惜他没来联大，到武汉大学去了，直到1983年我来北大，才得亲聆教诲。谢文通讲英诗，主要传授格律知识，解决理解问题，但考试时，却要学生自己作出评论。温德讲诗更重鉴赏，他考试的方法很妙，拿出一首学生没读过的诗来，要求说出诗的作者，并用作者其他诗句来作论证，如不是对诗人风格有深刻的了解，是很难答好问题的。卞之琳是著名的诗人，他把杜甫的名句"无边落木萧萧下"的后半译成"shower by shower"，令人叫绝，可惜他没有把全句译完。后来我主编《唐诗三百首》英译，才把这句杜诗和下联"不尽长江滚滚来"补译如下：

The boundless forest sheds its leaves shower by shower.
The endless River rolls its waves hour after hour.

白英讲诗只写黑板，他用左手写字，结果听课变成了看他的左手表演，我只旁观了1小时，就打退堂鼓了。1947年他在美国出版了一本中国诗选《白马集》，参加编译的都是联大师生，选题的确定主要是浦江清和闻一多二位教授，杨业治译了陶渊明，李赋宁译了王维，谢文通译了杜甫，袁家骅译了岑参，金隄译了白居易，袁可嘉译了杜牧，俞铭传译了苏东坡，卞之琳译了他自己的诗，其他的主要由白英和人合译。这是一次中美学者的大合唱，可惜白英认为译诗如果押韵，一定要加词，会面目全非。所以除谢文通外，译文全是散体。我却认为把韵文译成散文，那才真是面目全非；为了恢复诗词的庐山真面目，40年后，我把《白马集》中的诗词大都译成韵文，取名《不朽之歌》，由新世界出版社和英国企鹅书店联合出版。千秋功罪，只好请读者评说了。还有一位英国诗人燕卜荪，我只在外文系迎新会上听他朗诵过一首诗，就不多谈。

除了诗和散文，外文系必修课还有西洋小说、西洋戏剧、莎士比亚、翻译等。小说原是英国教授吴可读讲，吴先生不幸在昆明去世，改由陈福田接任。陈先生讲小说可远不如大二英文精彩，他只照本宣科，连标点符号都要念两遍，上课等于听写，文学课成了语言课；还要我们每月交一篇读书报告，报告只谈小说内容，不要评论，结果只训练了归纳的能力。

开戏剧课的先后有柳无忌、赵诏熊两位教授。赵先生讲课时分析戏剧结构、剧中人物、场景情节、台词语言，并要我们交报告时也同样做评论，这就提高了我们的分析能力。我们班还演出了英文剧《鞋匠的节日》，鞋店没有道具，只好向观众借鞋。不料联大同学穿的多是"空前绝后的袜子，脚踏实地的鞋子"，要找能做道具的皮鞋，还得"众里寻他千百度"呢！

开莎士比亚课的先后有陈嘉、陈福田、温德三位教授。其实，赵先生讲戏剧时，已经为莎士比亚课打了基础，他说《罗密欧与朱丽叶》写的是青春恋，《安东尼与克柳芭》写的是黄昏恋，真是一语中的。陈嘉讲课好像演员，注重表情朗诵；陈福田则像教员，注重解释词义；而温德却集中了二陈的长处，既有表演，又有解释，结果一些助教都来旁听，这就是当年联大的学风。

联大翻译最出名的是潘家洵教授。他在讲大一英文时用的是翻译法，最受学生欢迎，不但教室内座无虚席，门口、窗口都挤满了旁听生，下课铃响了还依依不舍；但他在外文系没开翻译课，而是讲语音学。翻译和大四英文合开，开课的先后有叶公超、吴宓、袁家骅三位先生。吴先生讲大四英文时要大家先背一篇名著，如哈兹利特的《论哈姆雷特》，再模仿写一篇评论。有人认为这个方法太笨，我却觉得"熟读唐诗三百首"，自然水到渠成。吴先生讲翻译，举外文系研究生的译文为例，说最大的问题是只译了词（表层结构）而没有译意（深层结构），并且讲了一个故事，说有一个外科医生医治箭伤，只把箭杆切断，却把箭头留给内科医生去取，外文翻译决不能学这个外科医生（这个笑话不一定是吴先生讲的）。这点给我印象很深，50年来一直没有忘记。1941年，美国志愿空军来华对日作战，需要大批英文翻译，外文系三四年级男学生全部应征，参加翻译工作一年，到1942年秋才回联大。那时开大四英文和翻译的是袁先生，他要我们写中西文化比较的论文，我写了一篇《儒教与基督教》，一篇《庄子与浪漫主义》，现在看来虽然肤浅，却为我进行国际文化交流打下了基础。在袁先生的翻译班上，我译了德莱顿的诗剧《一切为了爱情》（又名《江山殉情》），写的是罗马大将安东尼不爱江山爱美人的故事，直到1956年，才由袁夫人钱国英推荐，在上海新文艺出版社出版。回忆起来，不能不感激50年前教我的吴先生和袁先生夫妇。

外文系必修课还有第二外国语，同班同学大多数选法文，我因为读过鲁迅译的果戈理，巴金译的屠格涅夫，郭沫若译的托尔斯泰，都是俄国作家，就选了刘泽荣先生开的俄文。看见化学系的名教授曾昭抡等进步人士也来旁听，我心中自以为得计。上课后才知道俄文的名词、形容词有三性、六格，动词有二体、三时，比英文复杂多了，不免生了畏难情绪。外文系还有一个选俄文的东北同学，他已经学过几年俄文，并且会说俄语，我们相差很远。不料考试结果，他得98分，我却得了100分，这一下就增加了我的自信心。哪知好景不长，刘先生到苏联担任文化参赞去了，后继无人，我又只好改选法文。

联大开法文的有吴达元、闻家驷、林文铮、陈定民四位教授。吴先生多用英文讲，闻先生多用法文讲，林、陈二位多用中文讲。我选了吴先生的课，班上"才子佳人"很多："才子"如今天国际著名的数理逻辑学家王浩，后来得了宋美龄翻译奖的巫宁坤；"佳人"如全校总分最高的林同珠，身材最高、亭亭玉立，演英文剧得到满场掌声的梅祖彬（梅贻琦常委的大女公子），巴金的未婚妻、女作家陈蕴珍（后名萧珊），后来出版了毛泽东、周恩来诗词英译本的林同端。我比他们高了一班，成绩不能落后，于是鼓足干劲，力争上游，果然首战告捷，考了99分。扣了一分，那是课文中还没讲到的不规则动词，不能算我的错；但是那个动词王浩却写对了，可见他的自学能力之强。这也说明综合大学的优势，文理学院学生同班上课，可以取长补短，共同进步。

回想联大五年，见到的人物真不少。我听过冯至先生的德文，但因为德文的子音太多，比法文的母音还多，所以没学下去。我旁听过吴有训先生的物理，见过他用不倒翁说明重力的问题。我约陈省身、许宝騄二位先生打过桥牌，因为错把"三无将"改打"四红心"，失去了战胜两位数学大师的机会。我做生物实验时照书画图，受到助教吴征镒的批评，助教后来成了中国植物研究所所长。甚至体育老师也是清华名人黄中孚〈1933级〉，他说过一句名言：*I cannot educate you unless you educate yourself.*（你不教育自己，我就无法教育你）并要我们每天做体操，保证百病不生。我坚持了50多年，果然得益匪浅。

联大不但校内名师云集，校外文化名人来演讲的也不算少。1939年1月2日，茅盾就在朱自清的陪同下，讲过"一个问题的面面观"，结论是看问题的角度越多，就越接近真理。老舍曾来做过两次谈写作的报告。巴金则同文学青年举行了座谈会，沈从文和萧乾也喜欢座谈。曹禺1939年7月28日来谈写戏剧的经验，他说剧中人物不能太典型化，太好太坏都不容易引起共鸣；他并且在8月26日，和联大师生同台演出他和宋之的合编的抗日戏剧《黑字二十八》。就是在这种浓厚的文化氛围中，培育了一代风华正茂的联大青年。

我们这一代人当中，成绩最辉煌的自然还是物理系的四杰：杨振宁、李政道、邓稼先、朱光亚。朱课余在天祥中学任教，我兼天祥的教务主任，同他一起打过桥牌，看他计算的精确，无怪乎后来他对发展我国的核事业做出了巨大的贡献。数学系的廖山涛，大一时和我同住昆中北院 22 号宿舍，我发现了用六根直线画 20 个三角形的方法，自鸣得意，要考考他；不料他从理论上证明，六条线只要不平行，随便怎么画都会构成 20 个三角形的。他后来得了第三世界科学院数学奖。工学院的成就比起理学院来也不逊色，除了航空动力学家吴仲华和洲际火箭总设计师屠守锷外，我认识的有卫星回收总设计师王希季，而我国卫星回收安全率超过了美国和苏联，达到了 100%。法学院成绩昭著的，我认识 1943 年入清华研究院的端木正，他参加了香港基本法的起草工作，现在是全国最高法院副院长。我英译的中国古典文学五大名著和汉译世界文学十大名著出版后，曾宴请了几位留欧校友。不过我们这一代人已经"夕阳无限好，只是近黄昏"了。但愿长江后浪推前浪，一代新人胜旧人！

往事如烟忆图书馆

早在 20 世纪 30 年代，我就在《清华年鉴》上看到过图书馆的照片，听说 33 级校友钱锺书要看遍图书馆的中英文藏书（包括词典在内），还有同级的万家宝（就是曹禺）在图书馆最靠边的座位上和情人一同编写《雷雨》的故事，对图书馆早就心向往之了。1938 年我考大学时，日本侵略军占领了北平（即今天的北京），清华已经迁到昆明，和北大、南开联合组成西南联大。我读的是联大外文系。

大一时，联大借用了昆华农校的教学大楼。楼有三层，我和杨振宁在三楼大教室听过朱自清、闻一多等教授讲的大一国文；在二楼，我们又同上叶公超教授的 N 组大一英文；下学期，我在一楼上钱锺书教授的 B 组英文。那时，图书馆在教学楼西边的一个大厅里。钱先生上课时，总是挟着一大堆书，有一匣一匣的线装书，有一本一本精装的外文书，原来他是要下课后还给图书馆去，同时又要借上一大堆新书，带回文化巷 11 号家中去读。

我跟在钱先生后面，走进图书馆一看，只见大厅里摆着几十张白长条桌，几十张白长条凳，两边摆了十几个书架，架上陈列着新到的报刊，新出版的书籍。后面是借书台，台后面是书库。我在中学时读过林语堂的《大荒集》，他说他最得益的书是《牛津英文字典》。我就要借一本《简明牛津词典》看，不料图书馆员给了我一本英法对照的，我一看法文和英文大同小异，就模模糊糊起了要学法文的念头，种下了后来把中国诗词译成英、法韵文的根苗。

联大文学院院长本来是胡适，但是抗日战争期间，他到美国出任大使去了；图书馆的书架上陈列着他新出版的《藏晖室札记》。1939 年 5 月 30 日，我在日记中抄下了胡适在《札记》中爱读的古诗词，还有一首他自己写的《沁园春》，全词如下：

> 更不伤春，更不悲秋，与诗誓之。
>
> 看花飞叶落，无非乘化；
>
> 西风残照，更不须悲。
>
> 无病而呻，壮夫所耻，何必与天为笑啼！
>
> 生斯世，要鞭策天地，供我驱驰。
>
> 文章贵有神思，以琢句雕辞意已卑。
>
> 更文不师韩，诗休学杜，
>
> 但求似我，何效人为？
>
> 语必由衷，言须有物，此意寻常当告谁？
>
> 从今后，倘傍人门户，不是男儿！

这首《沁园春》前半是誓词，后半是文论，概括了胡适的雄心壮志，强调了自我表现，对我这个大一学生颇有影响。除了《沁园春》外，我在日记中写道："还有几首我在高中就欣赏的诗词，胡适也记下了（如吕本中的《采桑子》），我因此觉得自己的欣赏力还不差，这并不是偶像崇拜，实在是所见略同。从今以后，我也要做读书札记了，第一训练思想，第二帮助记忆。"

5月31日的日记中，我又写道："在图书馆读胡适《藏晖室札记》中的日记，完全记事，非常简单，没有什么意思。不过他的日记本来是给自己或朋友们看的，不是其中人读来自然无味，好比一本账簿，别人看不出什么东西，自己却能在买一本书或吃一顿饭里，找出一段回忆来。"

除了在农校的图书馆外，南院的学生宿舍里还有一个文科阅览室，里面摆了几架图书。给我印象最深的有两套：一套是新出版的《鲁迅全集》二十卷本，硬纸面精装，红色金字，十本著作，十本译著。著作我早读过，最爱杂文；译著我是硬着头皮啃下来的，读了《死魂灵》第二部和法捷耶夫的《毁灭》，开始学习鲁迅的直译法；后来听了吴宓教授讲翻译，才改用意译的，还有一套是郑振铎的《文学大纲》，布面精装四大厚册，图文并茂，形象生动，比吴宓教授《欧洲文学史》指定的参考书有趣得多，我读后得到了一些上课得不到的知识，结果《欧洲文学史》考试成绩全班第一，因为我在上课前已经读了不少世界文学名著了。

　　昆中南院在北院对面，一进门要下一个台阶，下面是一个长方形的大操场。进了二门，左边是传达室，右边一间小房子暂时用作清华外文系的书库，管书库的是四年级的女同学王曼明。记得我借了一本美国女诗人 *Sara Teasdale* 的 *Love Songs*（《爱情诗》），抄下了一些喜欢的诗句，和女同学林同端一同阅读：

> *Child, child, love while you may,*
>
> *For life is short as happy day.*
>
> *Never fear though love breaks your heart!*
>
> *Out of the wound new joy will start;*
>
> *Only love proudly and gladly and well,*
>
> *Though love be heaven or love be hell.*
>
> *Never fear the thing you feel...*
>
> *Only by love is life made real.*

　　1939 年秋天，联大新校舍落成了，图书馆是主要建筑，是新校舍唯一的瓦顶房屋。学生宿舍全是草顶，天雨漏水，天晴漏光；教室是洋铁皮顶的，下起雨来叮咚叮咚，仿佛是在配乐伴奏。图书馆左右宽约 100 米，深约 50 米，摆了一百多张漆黑的长方桌子，左右各五十多张，排成十几行，中间空出过道。借书台正对图书馆大门，后面是书库；书库和阅览大厅之间有两个小房间，是图书馆员住的。外文系同学吴琼（现为清华大学退休英文教授）因为经济困难，大二时在图书馆半工半读，大三时休学当馆员，就住在小房间里，两人一室，对于我们这些40个人住一大间茅屋的同学说来，简直是豪华别墅了。阅览大厅内没有书架，只在借书台前摆了一个小架子，上面放了一本《韦氏国际英文大字典》，供联大全校师生参考之用。至于报纸，只在图书馆外墙上，贴了一份《朝报》。联大设备如此简陋，但今天制造"两弹一星"的科学家，却有很多是联大人，真可以说是个奇迹。

清华外文系的图书没有放在联大图书馆内，却在新校舍东北角的外文系办公室里开辟了一个小书库。王曼明毕业后，我在系图书馆半工半读，管了一个学期图书，真是大饱眼福。我最喜欢的是一本红色皮面精装的《莎士比亚全集》，皮面下似乎有一层泡沫，摸起来软绵绵，拿起来轻飘飘，读起来心旷神怡。对我最有用的书是《英国复辟时期戏剧选》，里面有一个剧本叫《鞋匠的节日》，写英国一个鞋匠暴发户当选为伦敦市长的故事。演出时由彭国涛和金隄（《尤利西斯》译者）演男主角，卢如莲和梅祖彬（梅校长的大女儿）演女主角，陈羽纶（《英语世界》主编）演英国国王，陆慈（曾任清华大学英语教研室主任）演丫环，我演一个花花公子，求爱那出戏博得了满场掌声。还有一个剧本叫《一切为了爱情》，写罗马大将安东尼不爱江山爱美人的故事，17世纪的英国观众认为写得比莎士比亚更好，我就把它译成中文，这是我翻译的第一部文学作品。我还要卢如莲念女主角埃及女王的台词，我自己念安东尼的，有一次在系图书馆对台

词后，出门时忽然下起雨来，我没有带雨伞，就和卢如莲共用一
把小阳伞回宿舍去。后来我把这段往事改头换面，写了一首小
诗，记在回忆录里：

> 我们正谈着合演的戏剧，
>
> 忽然天上落下一阵急雨，
>
> 我忙躲到她的小阳伞下，
>
> 雨呵！你为什么不下得更大？
>
> 伞呵！你为什么不缩得更小？
>
> 不要让距离分开我和她！
>
> 让天上的眼泪化为人间的欢笑！

外文系图书，给我印象最深的一套书是法国康拉德版的
《巴尔扎克全集》。那日我已经读过穆木天翻译的《欧也妮·葛
朗台》，觉得描写生动，但是译文生硬，每句都有几十个字甚至
一百多字，读起来很吃力，减少了看小说的乐趣。当时我就暗下
决心，要恢复巴尔扎克的本来面目。后来我翻译了巴尔扎克的
《人生的开始》，那是我出版的第一本法国小说，但翻译的动机却
是在系图书馆产生的。在大三时，我只学了一年法文，要读巴尔
扎克还有困难。我读的第一本法文书是图文并茂的《拿破仑传》，
拿破仑的母亲说了几句给我印象深刻的话，当时抄在笔记本里，
现在记在下面，并且加上英译文：

（法语） *"Où est Napoleon? Où est mon fils Napoleon, lui dont I'epee fera trembler les rois. Iui qui changera la face du monde? Il me defendrait de mes ennemis, Il me sauverait la vie!" "Venez, vous verrezles plus bells choses du monde et vous les embellirez."*

（英语） *"Where is Napoleon? Where is my son Napoleon, whose sword will make kings tremble, who will change the face of the world? He would defend me against my enemies; He would save my life?" "Come, you will see the most beautiful things in the world and you would make them more beautiful."*

比较一下，可以看出英文、法文多么接近，也可看出联大外文系学了一年法文后达到的阅读水平。

1941年太平洋战争爆发，美国空军来华参战，需要大批英文翻译，我和大四男同学都报名参加。1942年回校，1943年毕业，1944年考入清华研究院。吴宓教授召集研究生谈话，地点就在外文系图书室。记得吴先生对我说：我的论文题目可以定为《莎士比亚和德莱顿的戏剧艺术比较研究》，主要参考书是《莎士比亚全集》和《德莱顿全集》，指导教师是温德（*Winter*）和赵诏熊教授，参考书可在系图书室找到。同时听吴先生讲话的还有何兆武，他现在清华文化研究所；其他研究生则多是天南海北，甚至幽明隔绝，往事如烟了。

东南西北行

一　昆明寻梦

> 蓝天白云何处见？
> 远在滇池洱海边。

60年前，我在昆明西南联合大学读书的时候，喜欢一个人抬头望天。天蓝得这样纯洁，仿佛是气化了的蓝宝石；这样无边无际，会教你凝眸凝思，无休无止，一直望到你的思想融入蓝天，也变成蓝色的了。如果天上飘来片片白云，那会使蓝天变得更加柔和，仿佛是固体化了的柔情，使人浮想联翩，一寸千丝。无怪乎云南的滇池、洱海、阳宗湖那么美了，原来它们都是蓝天的镜子；无怪乎云南的花木那么鲜艳了，原来滋润它们的是蓝天的雨露；无怪乎云南的姑娘那么可爱了，原来她们是蓝天白云的女儿。就是时髦的上海小姐，一到昆明，也显得更加娇美，因为天空的蔚蓝洗净了城市的俗气；即使她们去了美国，大洋彼岸的空气也会使她们显得娇柔做作。后来我走过半个地球，却没有再看到昆明这样美的蓝天，东南亚和非洲的天空太亮，把人的皮肤都晒黑了；欧洲大陆的天多是灰蒙蒙的，仿佛吞噬了太多的硝烟和灰尘；地中海上的天空却又蓝得太深，仿佛照见了人间的苦海深渊。因此，我无论走到天南海北，总是忘不了昆明的蓝天，忘不了使昆明变得四季如春的蓝天。

1951 年我在北京参加土改的时候，本来想去昆明，结果去了四川永川；1966 年在张家口参加四清，又妄想去昆明，结果去了河北赤城。我写了《蓝天》这首诗，说赤城的蓝天"只为四清色更艳"，其实是想象之词，只表明我对昆明的思念而已。到了 1975 年，我离开昆明已有 28 年了。7 月 27 日，洛阳外国语学院一放暑假，我就坐上去成都的火车，再转道去昆明。一路上我写了几首诗。

朝辞艳阳洛水城，灯柱如林过三门。

残阳斜照钟鼓楼，西出华山访故人。（07/27）

夜来风雨袭轻车，晨看绿野披青纱。

流水潺潺镶田边，笑语声声话庄稼。（07/28）

锦官城南诸葛祠，出师未捷身先死。

曾使英雄泪满襟，翠竹万竿寄忧思。（07/28）

锦官城西有草堂，柏树森森掩山庄。

诗人旧地若重游，当谓今日胜汉唐。（07/29）

夜过山洞千百个，清晨喜看金沙河。

云如玉带环山腰，车似长龙穿山坡。（07/30）

青春离昆老大回，滇音已改鬓毛衰。

夜宿西站不复识，只因卅载不曾来。（07/31）

　　这六首诗都是简单的叙事诗。第一首写 7 月 27 日早上坐火车离开洛阳，经过黄河三门峡时，看见一行行的灯柱，不禁想起《诗经·大明》中描写牧野之战的诗句："殷商之旅，其会如林。"但是武王伐纣已经经过去三千年，如林的军旗已经换成光明的灯柱。下午经过古都西安，遥望钟鼓楼暮色苍茫，再过巍然耸立的天险华山，就已经入夜了。第二首写四川的田野风光。第三首写 28 日下午到成都，游了武侯祠，但印象深的不是杜甫诗中的"柏森森"，而是旖旎的翠竹。第四首写 29 日上午游了杜甫草堂，觉得和杜诗《茅屋为秋风所破歌》中的茅屋完全不是一回事。中午吃了有名的抄手（即馄饨），傍晚又坐上成昆路的火车。第五首写一夜经过无数山洞，30 日一早就到了金城江。回想 1938 年冬从江西坐汽车到昆明，走了整整一个月；现在从成都到昆明只要一天一夜，真是不可同日而语。1938 年坐人力车到西站找联大，这次是坐公共汽车到西站找招待所；不料招待所就在当年联大的师范学院内，而我却是回来相见不相识了。

二 忆南京之行

玉楼瑶影照秦淮，山光海色映蓬莱。

嘉陵江畔水天碧，黄鹤楼前百花开。

自 2000 年 6 月到 2001 年 6 月，一年之内，我走遍了东南西北：东到南京大学，南到香港中文大学，西到四川外国语学院，中到武汉大学、华中师范大学、华中科技大学，北到清华大学；后来还去了秦皇岛东北大学分校和燕山大学，大连外国语学院，北京第二外国语学院，真是行程万里，满载而归。

我第一次到南京是 1947 年 7 月 7 日，住在我大表姐家里。表姐夫黄育贤当时是全国水力发电工程总处处长，是修建中国第一个水电站的总工程师。他家住在新街口附近的慈悲社，是一栋花园小洋房，有三层楼，出入有小汽车，属于当时少数的汽车阶级。我那时从昆明来南京，准备出国留学。日记中说：

1947 年 9 月 20 日

理想像你热恋的情人，虽然未必成功，但你总舍不得丢开。就是为了一个达到了未必好的理想，我离开了没有夏天的昆明，放弃了自由与安定。这里虽有好女如玉，销魂场所，但要的是钱。这里我已有了留学证书，出国护照，但缺的是买外汇的钱。为了钱，我每天出卖了7小时的自由，牺牲了自己的兴趣，甚至损害了身体的健康。

每天清晨，没有骄阳来唤醒我的好梦；一做早操，总不能忘记席子营的阳台；痔疮出血，更想起到医院床前来看我的那双含情脉脉的眼睛；豆浆鸡蛋，又勾引起联大南院的往事；办公室虽好，终不如天祥唯我是尊；办公回家，何处叫"刘嫂打水"？更不用提月白风清，花园舞会！

但现实永远填不满理想的空谷，所以杜朗特说得好：平静的秘诀不是使我们的成就等于我们的欲望，而是把我们的欲望降低到我们成就的水平。我常常不满意别人：这个太小气，那个太多话。但自己又有什么令别人满意的呢？要把责备别人的态度来责备自己，把原谅自己的态度去原谅别人，那人事的烦恼至少可以减少一半。同样地，把看待现在的心情去看过去，过去又何曾理想？再把对过去的心情来看现在，不要等到现在成了过去再来追寻美丽的回忆啊！

幻想着的未来：一所新盖的花园洋房，松柏成荫蔽天，绿草如茵铺地，会客室的沙发软绵绵的，使你坐着不想起来；地毯厚墩墩的，使你听不见一点噪音。冬天，壁炉里的火光熊熊；夏天，游泳池里波光粼粼。门外，一条滨海的林荫大道。结婚时，酒席上一盘盘整只的烤乳猪。未来不也要变成现在的吗？只怕幸福好比太阳，不戴上过去的墨镜是看不清的。人不屏住呼吸，哪里又感觉得到空气的存在呢！？

现在，50年前的"未来"早已成为过去，把过去的理想和现实对比一下，倒也不是没有意思。当年梦想的海滨别墅，住过联大南院的林同端倒在美国使梦成为现实了，但她只出版了两本英译诗词。我住的是北京大学的教授公寓，门前是绿草如茵的畅春新园，西边是雕栏玉砌的万泉河，出门可以打电话给北大的小车班，结婚时两个人吃了个铁扒鸡，虽然不如烤乳猪又香又脆，但是也可聊以自慰。最重要的是：20年来，我出版了五十多本著译，而且多是世界名著，这是在美国连梦想也做不到的事。所以如果把理想降低（或提高）现实成就的水平，也可以自得其乐了。

至于如萍，她的理想是平静的生活，据她妹妹告我：她现在美国抚养第三代，生活也很幸福。她对我的著译并不感兴趣，这也是道不同不相为谋了。回想自己当年的旧梦，假如成了现实，会不会比现在更幸福呢？假如我当年没有离开昆明，那也不大可能实现把天祥办成清华大学的梦想，恐怕也要经历张燮、煜然、熊子、彭兄等老朋友所经历的磨难。以我的性格，能不能胜利过关呢？那也只是未定之数了。

我第一次离开南京，去了巴黎。第二次从湖北"五七干校"经过南京去张家口，那是 24 年之后，主要是看长江大桥。第三次是 1977 年，我在庐山度假之后，去南京空军气象学院看谢光道，回洛阳前游了无锡和苏州。第四次是 1980 年暑假，我同照君、明怀去游黄山，来回都经过南京。不过这三次时间都很短。

第五次是 1981 年 11 月，我代表洛阳外国语学院去南京大学开全国法文学会，见到南京大学何如教授，北京大学郭麟阁教授，上海外国语学院漆竹生教授（南昌二中校友，我堂兄的同班）等。何如曾把《毛泽东诗词》37 首译成法文，基本押韵，符合格律，颇有诗意，我觉得胜过了散体的英译本。我的论文就是研究唐宋词法译的，当时提出了翻译诗词要传达原文的意美、音美、形美的理论，并举陆游《钗头凤》的"错错错"（*tort, tort, tort*）和"莫莫莫"（*non, non, non*）为例，得到大家的好评。

郭麟阁说：许的理论很好，但是很难做到。他在《文学翻译百家谈》中说："康德的《纯粹理性批判》原文晦涩难懂，柏林大学学生都舍原文而读法译本。所以说好的翻译有时是可以胜过原文的，至少在理解方面。许渊冲同志说'翻译是两种语言的竞赛'，也是这个道理。"他是前辈学者中公开支持"竞赛论"的第一人。文中谈到傅雷的译文，他说：傅译"都是呕心沥血之作。但可惜有多处译得过于拘泥，过于'形似'，不能摆脱原文的束缚，读起来生硬不自然。如……'很结实的聪明'在汉语中不可理解。许渊冲建议改为'溢于言表的才智'，可以考虑。"

傅雷提出过两条翻译原则：一是神似重于形似，二是在最大限度内保持原文句法。在他重神似时，往往出现妙译；在他保持原文句法时，往往出现败笔。后来我重译他译过的作品，就学其长而避其短了。

我在南京大学还见了副校长范存忠教授，他在《中诗英译》一文中说："有些译诗经过译者的再创造，还可以胜过原作。"这给我的"再创论"提供了支持。他介绍我和他在耶鲁大学的学生孙康宜通信，孙教授送了我一本她的英文著作《唐宋词的发展》，主要研究民间的歌曲如何演化成文人的雅词，使我对国外的研究工作有进一步的了解。此外，我还见了南京外文学会会长陈嘉教授，陈先生是我在联大时的老师，他在《南京大学学报》发表了一篇研究莎士比亚的论文，有不少独到的见解。总之，我第五次到南京来，和南大的前辈学者交流，觉得收获不小。

第六次来南京，主要是到南大讲学，并和南大外语学院老师和研究生座谈。这时上次见到的何如、郭麟阁、漆竹生、范存忠、陈嘉教授等都已去世。现在的法语系主任是何如教授的再传弟子许钧博士。我和老一辈的学者看法大同小异；和下一代的新人却是有所不同了。许钧在上海《文汇读书周报》上征求读者对《红与黑》几种译本的意见。他把上海和南京的译本说成是对等的译文，把杭州和长沙的译本说成是再创的译文，并说读者喜欢风格对等的译文。我不同意，现在补充举例说明如下：

（对等译文）　心肠硬构成了外省全部的人生智慧，由
于一种恰如其分的补偿，此刻市长先生
最怕的两个人正是他的两个最亲密的朋友。

（再创译文）　外省人讲究实际，自作聪明，不重情义，
现在，公平合理的报应落到市长先生头
上了，最使他提心吊胆的两个人，却是
他最亲近的朋友。

比较两种译文，可以说前者形似，后者神似。前者正是郭麟阁批
评的"拘泥原文形式""不可理解"的译文。"心肠硬"怎么是
"智慧"？最怕的人怎么成了"补偿"？不可理解怎能符合原文风
格？我感到了两代人之间的代沟。至于讲学，内容和在香港中文
大学讲的大同小异，我就在后面再讲了。

三　香港十日行

2000 年 10 月 9 日，我和内子照君蒙香港中文大学邀请，担
任王泽森—新法书院语文教育访问教授，得以旧地重游，不禁感
慨系之。回想 1948 年，我乘法国邮船 *Andre Le Bon* 从上海去欧
洲，经过香港，在英文回忆录中写下了当时的印象："6 月 27 日
晚轮船经过香港，在船上看见岛上的灯光、天上的星光和海上的
倒影混成一片，分不清天上地下，犹如身在仙境。"现在 52 年

之后，我再来到中文大学翻译系的小楼，望见窗外大海一碧万顷，波光粼粼，风帆点点，远山虎踞龙盘，绿枝迎风招展，令人心旷神怡，比夜间更加风光明媚。中大得天独厚，居高临下，可以网罗天下人才，培养香港当代精英，为建设 20 世纪的文明，做出了自己的贡献。

10 月 13 日，我在中大新教学楼讲《诗词全球化和文化交流》时，更举例说明以孔子为代表的东方文化和西方文化的差别。如孔子不谈"怪力乱神"，反对暴力；而西方的荷马却在史诗中宣扬暴力，歌颂战争中的英雄主义。如果把东方爱好和平的思想和西方的英雄主义结合起来，那就可以使全球的文化更加光辉灿烂。

关于这个问题，16 日我在香港电台英语广播中还举例作了说明。我讲了孔子问礼于老子的故事，说老子张口不答孔子的问题，孔子看见老子嘴里没有牙齿，只有舌头，才悟到硬的先掉，软的还在，应该刚柔相济的道理。我又举了辛弃疾的词《卜算子》为例："刚者不坚牢，柔者难摧挫。不信张开口角看，舌在牙先堕。"英译是：

> *The hard may not be strong,*
> *While the soft may last long.*
> *Look in to my mouth if you think me wrong!*
> *My teeth are lost before my tongue.*

我用齿舌相依的形象，说明东西文化应该刚柔互补，并举西方历史上的宗教战争来说明以刚克刚，不能解决问题。旧教和新教进行了几百年的战争，把新教叫做异教，并要把异教徒活活烧死，这都是"己之所欲，亦施于人"，强加于人的结果。这些争端看来只有按照孔子说的"己所不欲，勿施于人"，和平共处的原则，才能解决。

中大翻译系成立了二十多年，而北京大学的领导却多是理科出身，并不了解文学翻译对建立 21 世纪全球文化的重要性，因此至今没有成立翻译院系，不能不说是一个缺憾。一般说来，翻译理论有语言学派和文艺学派之分，而中大翻译系主任陈善伟教授却能融合两派之长，并且提出自己的见解（见中大《翻译学报》2000 年 4 期《译诗的标准与方法》）。如杜甫的名句："文章千古事，得失寸心知。"文艺学派译成：

A verse may last a thousand years.

Who knows the poet's smiles and tears?

陈译却是：　*Writing is a deed of eternity.*

Its failure or success is known only to theauthor.

从文艺学派的观点看来，陈译在音美和形美方面虽然有所不足，但从文艺和语言两派的观点来看，陈译的"文章"和"得失"都更精确，并且富有意美。

中大翻译系吴兆朋教授是瑞典文学院马悦然院士的学生，她译李清照《声声慢》中的名句"寻寻觅觅"，把美国著名的翻译家 Rexroth 的英译 *Search, Search. Seek, Seek.* 改成：*Seeking, searching, /Freezing and forlorn, /I sob and sigh of sorrow.* // 译文用双声来翻译叠字，富有意美和音美，远远胜过了美国名家的英译。

金圣华教授曾是翻译系主任，现在是文学院副院长。余光中教授说："她精通英文与法文，所以她的'译绩'是一场多姿的三角恋爱，不同于一般只通英文的从一而终。"其实，金教授不但是翻译家，还是一位散文作家。她在她的《桥畔闲眺》自序中说："'无中生有，化虚为实'是作家创作时痛苦的根由，也是快乐的泉源。翻译家则与演奏家如出一辙……翻译及演奏时，可以在有限的空间，创造出无限的变化与生机。"在香港翻译学会举行的餐会上，她批评了不懂"创造性"的译论家。

童元方教授是美国哈佛大学 Owen 教授的学生，她在哈佛看到洪业先生是 Owen, Hightower, Henan 等教授的导师，却成了他们的助手。"仅以资深讲师而终其身"，可见中国学者在美国受到歧视，哈佛大学并不公平，而在香港中大反能人尽其才。童教授在论文中谈到"信达雅"时说："日常语言但求其达，科学语言只求其信，而艺术语言务求其美。"这和我提出的文学翻译的低标准是真，高标准是美；科学的公式是 1+1=2，内容等于形式；

艺术的公式是 1+1>2，内容大于形式，都有相通之处。我和中大几位教授座谈，话很投机，一见如故，大有相见恨晚之感。

中大教务长何文汇教授在香港沙田公园前门写了一副对联：

一水东流，两岸都成新市镇；
群山环抱，四时犹带旧风情。

译成英文：　　*Divided by a stream, the two shores north and south are turned into new cities;*
　　　　　　　Surrounded with hills, the island in four seasons exhales and old perfume.

虽然传达了一点原文的意美，但是对联的音美和"两岸""四时"对仗的形美，都译不出来了。由此可见中文和英文，正如中西文化一样，是互有短长的。因此，中西文化应该取长补短，刚柔相济，共同建立 21 世纪的全球文化。

四　武汉重庆行

1946 年，我第一次到汉口，乘飞机去重庆。这次相反，是从重庆坐游船经长江三峡到武汉。第一次游重庆印象最深的，是刘匡南陪我到北碚温泉，在嘉陵江畔饮茶，观赏"蜀江水碧蜀山青"，觉得嘉陵江水之蓝，几乎可以和昆明的蓝天比美。这次到四川外国语学院讲学，英语系陈主任带了她的研究生小刘陪我和照君在嘉陵江畔品茶观景，江山无恙，人世已殊。小刘对人亲切，是不是匡南化为女身，来伴我旧地重游呢？第一次同匡南来重庆沙坪坝，参观了当时中央大学（就是现在的南京大学）的草顶茅屋，比隔江对峙的重庆大学的高楼大厦，简直不可同日而语。这次却是重庆大学招待我们在临江轩吃色如雪山草地的糯米饭，真是不胜今昔之感了。

在四川外语学院讲学和在南京大学一样爆满。南大礼堂有人席地而坐，川外讲堂却连窗口门外也挤满了人。讲学内容也和在南大差不多，不过我结合四川的情况，加讲了李白的《早发白帝城》。第一句"朝辞白帝彩云间"，"彩云"二字有三种翻译法：一是直译为 coloured cloud（有色彩的云），二是意译为 rainbow cloud（色如彩虹的云），三是神似的译法，译成 crowned with cloud（戴着云彩的皇冠）。我说直译散文味重，用词不如意译更美，更有诗意；神译则不只是译词，而且译句。因为皇冠和白帝关系密切，所以读者既可以想像白帝戴着皇冠，也可以想象白帝城在彩云间，就像戴了一顶金光灿烂的皇冠一样。这样翻译不用"彩"字而可以看见彩云。比用了"彩"字而少诗意要美得多。有的学生本来认为学好英语可以多赚钱，听讲后却对诗词和文学翻译发生了兴趣，这就是说，素质有所改变，不那么重利轻义了。

　　这次四川外语学院招待非常热情，安排我们去游长江大小三峡：大三峡的高山雄奇，水势磅礴；小三峡的峭壁林立，风光旖旎；加上两岸的名胜古迹，真是美不胜收。到了武汉，华中师范大学有人陪我们游了黄鹤楼，武汉大学和华中科技大学开车让我们游了东湖。苏东坡的西湖诗说："水光潋滟晴方好，山色空蒙雨亦奇。若把西湖比西子，淡妆浓抹总相宜。"我们游了两次东湖，武大那次是"水光潋滟"，科大那次却是"山色空蒙"，真是若把东湖比江水，小小三峡更相宜了。

　　关于武汉三校的讲学情况，我想用华中师大英语系主任陈宏薇教授的来信作结："回顾这学期的经历，感到最闪光的亮点是聆听您的报告。它生动极了，精彩极了！您的翻译，形神兼备；您的论文，字字珠玑；您的报告，满堂生辉；我想，这就是大家的风范吧！"中国作家协会外国文学会的负责人在香港翻译会议上，说我是"王婆卖瓜，自卖自夸"。我说那要看瓜甜不甜。如果不甜，那是自夸；如果货真价实，却不许夸，那不是让伪劣商品鱼目混珠，充斥市场么！

我译唐宋词 [1]

> 美色消逝，神殿坍塌，
>
> 帝国崩溃，妙语永存。
>
> ——艾·桑代克

  20 世纪过去了。两三千年来，多少绝代佳人香消玉殒，如辛弃疾说的："君不见玉环飞燕皆尘土？"多少龙楼凤阁，成了断壁残垣，如《桃花扇》中说的："俺曾见，金陵玉殿莺啼晓，秦淮水榭花开早，谁知道容易冰消？"多少王国土崩瓦解，如英国诗人拜伦说的："希腊、罗马、迦太基，而今在哪里？海洋的波涛一视同仁，使它们分崩离析。"但是华夏文化的瑰宝唐宋诗词，经历了一千多年的劫难，却依然闪烁着智慧的光芒，陶冶着人们的性情，提高了人们生活的乐趣，增加了人们前进的动力。

  回忆起自己对唐宋诗词的感情，却是 16 岁在中学时培养起

---

1 本文是《唐宋词三百首》英译本的序言，文中举了白居易的《长相思》和李煜的《乌夜啼》为例，说明符合"信达切"或"最佳近似度"的译作出不了精品，所以需要发挥译语优势，用最好的译语表达方式来进行创造性的翻译。

来的。那时日本侵略军占领了南京，进行了大屠杀。我所在的南昌第二中学奉命解散，我们不得不离开家乡，开始流亡的生活。那时读到南唐后主李煜《乌夜啼》中的词句："剪不断，理还乱，是离愁。别是一般滋味在心头"，觉得一千年前李后主国亡家破的痛苦，和一千年后莘莘学子离乡背井的哀愁，几乎是一脉相承的。李煜"仓皇辞庙日，挥泪对宫娥"的故宫，正在今天的南京，而南唐中主宫殿的遗址就在南昌第二中学的校址皇殿侧。因此，我更感到和这两位南唐国主心心相印，息息相通，有着千丝万缕、剪不断的联系。这又更增添了我对故园依依难舍的离愁别恨。

我从南昌逃到赣州，看到章、贡二水汇合处的八境台，不禁想起辛弃疾词中的"郁孤台下清江水，中间多少行人泪"。那时郁孤台虽然改名八境台，但清江水中的旧泪未干，而今又添新泪了。读到白居易《长相思》中的"汴水流，泗水流，流到瓜洲古渡头，吴山点点愁"，我想，如果改成"章水流，贡水流，流到赣州古渡头，青山点点愁"，不就写出了我当时的眼中之景和心中之情吗？尤其是《长相思》下半阕："思悠悠，恨悠悠，恨到归时方始休，月明人倚楼"，简直可以一字不改，就写出了国难期间流亡学子收复失地，还我河山的心情。后来，我在香港出版的《唐宋词一百首》中把这首《长相思》译成英文如下：

See the Bian River flow

And the Si River flow?

By Ancient Ferry, mingling waves, they go;

The Southern hills reflect my woe.

My thought stretches endlessly;

My grief wretches endlessly.

Oh, when will my husband come back to me?

Alone I lean on moonlit balcony.

词中的"汴水流,泗水流"和"思悠悠,恨悠悠",基本上是直译或形似的译法。但是原文的汴水和泗水可以引起历史和地理的联想,增加诗词的美感,使原文的意大于言,也就是内容大于形式,而形似的译文却不能够做到。尤其是"悠悠"二字,可以引起文学的联想,如《诗经》中的"悠哉悠哉",意味深远,韵味无穷,不是形似的译文所能表达的。因此,我在《唐宋词三百首》中就改用意译的方法,发挥译语的优势,采用最好的译语表达方式。自然,如果直译就是译语最好的表达方式,那也可以采用直译。如《唐宋词一百首》中把"吴山点点愁"意译成"反映了我的愁思",虽然达意,却没有译出"点点"的形象,所以在《唐宋词三百首》中我又把全词改译如下:

See Northern River flow

And Western River flow!

By Melon Islet, mingling waves, they go.

The Southern hills dotted with woe.

O how can I forget?

How can I not regret?

My deep sorrow will last till with you I have met,

Waiting from moonrise to moonset.

新译把"汴水""泗水""吴山"等专门名词译成"北水""西水""南山"等普通名词,可以说是用了浅化的译法,虽然不能传达原诗的联想所产生的韵味,但是传达的意义比旧译多,可以说是创造了新的意义。"流到瓜洲古渡头"一句,旧译只说渡头,新译只说瓜洲,各有得失。如果瓜洲渡头都译,那又太长;如果不译两水合流,那就损失更大,可以说是得不偿失。考虑之下,觉得瓜洲的形象比渡头更具体,所以就舍渡头而取瓜洲了。这是我翻译时的心理过程,写下来也许可以供后人参考。至于"思悠悠,恨悠悠",我说成是"叫我如何能够忘记?叫我如何能不悔恨?"这是先把"相思"从反面说成"不能忘记",再用重复 *How can I* 三个词的方法来传达原文重复"悠悠"的意美和形美。译后我读起来觉得朗朗上口,不像形似的旧译那样散文味重。至于最后的"月明人倚楼",我用深化的方法译成"从月出等到月落",觉得意美、音美、形美都胜过了旧译,就自得其乐了。

关于李煜的"剪不断,理还乱,是离愁。别是一般滋味在心头",我曾有过两种不同的译法,但都不算满意,现在写在下面:

> *Cut, it won't break;*
> *Ordered, a mess't will make.*
> *Such is the grief to part-*
> *An unusual flavor in the heart.*

> *Cut, it won't sever;*
> *Be ruled't will never.*
> *What sorrow't is to part?*
> *It's an unspeakable taste in the heart.*

两种译文的第二行都不满意。第一种多了两个音节,主语和宾语颠倒了次序;第二种更散文化,读来也不上口。在《唐宋词三百首》中,我又改译如下:

> *Cut, it won't break;*
> *Ruled, it will make*
> *A mess and wake*

An unspeakable taste in the heart.

Such is the grief to part.

新译加了"唤醒"一词，我认为是原文内容可有而形式所无的文字，可以说明语言不但表达意义，还可创造意义，因此，这也可以算是创译。有人可能认为创译和原词的风格不同。我却觉得从一个词的观点来看，译文和原文也许有出入，但从下半阕词的整体观点来看，原词前三行每行三个字，而且押韵，非常凝练；译文每行四个音节，也押了韵，应该算是符合原文风格的了。如果从局部的观点来看有所失，而从整体观点来看却有所得，应该说是得大于失。所以我在《唐宋词三百首》中用了创译。

　　中国知识分子经历了八年的抗日战争，看到了日本军国主义的覆灭；又经历了四年的解放战争，看到了蒋家王朝的崩溃。到了 20 世纪 50 年代，再经历了"一三五七九，运动年年有"的时期；60 年代，更经历了登峰造极的文化大革命，唐宋诗词也受到了"破四旧"的劫难。到了 70 年代，总算看到了"四人帮"的垮台；80 年代，更迎来了改革开放的春天，唐宋诗词也得到了新生。1986 年，香港出版了我英译的《唐宋词一百首》；1987 年，北京出版了我的《唐宋词选一百首》法译本；1990 年，北京大学又出版了我的《唐宋词一百五十首》英译本；1996 年，湖南再出版了我英译的《宋词三百首》。这不禁使我想起了杨慎的《临江仙》：

滚滚长江东流水，
浪花淘尽英雄。
是非成败转头空。
青山依旧在，
夕阳几度红。

白发渔樵江渚上，
惯看秋月春风。
一壶浊酒喜相逢。
古今多少事，
都付笑谈中。

唐宋诗词就像文化长江中的滚滚波涛，汹涌澎湃，不断东流，融入了世界文化的汪洋大海。军国主义，反动王朝，虽然气势汹汹，不可一世，但是曾几何时，却已转眼烟消云散。知识分子则犹如江上的渔樵，既看到了春花秋月，也经历了炎夏寒冬。记下这些人世的沧桑，可以增添人生的智慧，于是我就把这首《临江仙》译成英文如下：

Wave on wave the long river eastward rolls away;
Gone are all heroes with its spray.

Success or failure, right or wrong, all turn out vain;
Only green mountains still remain
To see the setting sun's departing ray.

The white-haired fishermen sail on the stream with ease,
Accustomed to the autumn moon and vernal breeze.
A pot of wine in hand, they talk as they please.
How many things before and after
All melt into gossip and laughter!

这首词是用再创法翻译的。原文第一句重复了"滚滚"二字，译文却重复了波浪，这虽然和原文不形似，却传达了重复的形美，并且创造了新的意义。第二句"浪花淘尽英雄"也是一样，"淘"字没译出来，却说多少英雄都随浪花滚滚而去了。第三句的"是非成败"为了译成抑扬格，把"是非"放到"成败"之后，这是为了音美而牺牲了形似。第四句"青山依然在"用的是等化的译法，可见形似和意美能统一的时候，创译是并不排斥形似的。第五句的"夕阳红"深化为落日残辉，一是为了押韵，二是更好象征英雄的日暮途穷，这又是创译。最后一句译成"融入笑谈"也是创译。

创译的特点是要发挥译语的优势，也就是说，要用最好的译语表达方式，概括成三个字，可以说是"信达优"。我用创译法把中国十大古典文学名著译成英法韵文，得到国内外的好评，有的美国学者甚至认为许译已经成了英美文学高峰。但在国内，创译法却受到形似派的反对。形似派的纲领可以概括为"信达切"三个字，而所谓"切"，又可以说是"最佳近似度"。因此，矛盾的焦点是：文学翻译到底是应该最近似于原文形式呢，还是应该用最好的译语表达方式呢？在理论上，形似派的主张只能应用于外译中，而不能应用于中译外，因为翻译腔严重的译文在国外根本没有销路，而正确的翻译理论应该是能用于中外互译的。在实践上，形似派出不了文学翻译精品。因此，我认为新世纪的中外文学互译应该走创译的道路，希望创译能使我国的优秀文化融入世界文化之中，使世界文化越来越丰富多彩，越来越光辉灿烂。

我译《西厢记》

　　我国古代戏曲作品刊刻最多、流传最广、影响最大的应以王实甫《西厢记》为首屈一指。明末清初的戏曲理论家李渔（1611—1685）说过："自有《西厢》以迄于今，四百余载，推《西厢》为填词第一者，不知几千万人，而能历指其所以第一之故者，独出一金圣叹（1608—1661）。"（《闲情偶寄·填词余论》）所以我们这本汉英对照《西厢记》选用了金圣叹评点的《贯华堂第六才子书西厢记》。

　　《圣叹外书》中说："《西厢记》不同小可，乃是天地妙文。""今后任凭是绝代才子，切不可云此本《西厢记》我亦做得出也。便教当时作者而在，要他烧了此本重做一本已是不可复得。""若使异时更作，亦不妨另自有其绝妙，然而无奈此番已是绝妙也。不必云异时不能更妙于此，然亦不必云异时尚将更妙于此也。"异时"另自有其绝妙"的作品，是三百年后英国莎士比亚的《罗密欧与朱丽叶》。为什么说《西厢记》"此番已是绝妙"呢？

　　以主题而论，金圣叹认为《西厢记》写的是莺莺和张生

"不辞千死万死，而几乎各愿以其两死并为一死"的"必至之情"。以人物而论，金圣叹说："《西厢记》只写得三个人，一个是双文（莺莺），一个是张生，一个是红娘。其余如夫人，如法本，如白马将军，如欢郎，如法聪，如孙飞虎，如琴童，如店小二，他俱不曾着一笔半笔写，俱是写三个人时，所忽然应用之家伙耳。""比如文字，则双文是题目，张生是文字，红娘是文字之起承转合。有此许多起承转合，便令题目透出文字，文字透入题目也。其余如夫人等，算只是文字中间所用之乎者也等字。""比如药，则张生是病，双文是药，红娘是药之炮制。有此许多炮制，便令药往就病，病来就药也。其余如夫人等，算只是炮制时所用之姜醋酒蜜等物。""《西厢记》前半是张生文字，后半是双文文字，中间是红娘文字。""《西厢记》必须与美人并坐读之。与美人并坐读之者，验其缠绵多情也。"

以结构而论，金圣叹说："若夫《西厢》之为文……有生有扫。生如生叶，生花；扫如扫花，扫叶……最前《惊艳》一篇谓之生；最后《哭宴》一篇谓之扫……而后于其中间，则有此来彼来。何谓此来？如《借厢》一篇是张生来，谓之此来。何谓彼来？如《酬韵》一篇是莺莺来，谓之彼来……设若张生不借厢，是张生不来；张生不来，此事不生。即使张生借厢，而莺莺不酬韵，是莺莺不来；莺莺不来，此事亦不生。今既张生慕色而来，莺莺又慕才而来，如是谓之两来……而后则有三渐。何谓三渐？《闹斋》第一渐，《寺警》第二渐，《后候》第三渐。第一渐者，莺莺始见张生也；第二渐者，莺莺始与张生相关也；第三渐者，莺莺许张生定情也。此三渐，又谓三得。何谓三得？自非《闹斋》之一篇，则莺莺不得而见张生也；自非《寺警》之一篇，则莺莺不得而与张生相关也；自非《后候》之一篇，则莺莺不得而许张生定情也……而后则又有二近三纵。何谓二近？《请宴》一近，《前候》一近。盖近之为言，几几乎如将得之也……三纵者，《赖婚》一纵，《赖简》一纵，《拷艳》一纵……纵之为言，几几乎如将失之也……而后则有两不得不然。何谓两不得不然？《听琴》不得不然，《闹简》不得不然。听琴者，红娘不得不然，闹简者，莺莺不得不然……而后则有实写一篇，《酬简》之一篇是也。又有空写一篇，《惊梦》之一篇是也。"总而言之，"两来""三渐""三得""二近""三纵""两不得不然""实写""空写"，这就是《西厢记》的结构。以笔法而论，金圣叹说："子弟欲看《西厢记》，须教其先看《国风》，盖《西厢记》所写事，便全是《国风》所写事。然《西厢记》写事，曾无一笔不雅驯，便全学《国风》写事，曾无一笔不雅驯。《西厢记》写事，曾无一笔不透脱，便全学《国风》写事，曾无一笔不透脱。敢疗子弟笔下雅驯不透脱、透脱不雅驯之病。"

今天看来，《西厢记》与《国风》是继承与发展的关系。所谓雅驯，就是文字高雅，遵守规范；所谓透脱，就是深刻透彻，洒脱自如。用孔子的话来说，就是"从心所欲而不逾矩"。"从心所欲"是透脱，"不逾矩"是雅驯。例如《国风》第一篇《关雎》

就是"从心所欲而不逾矩"的典范。

> 关关雎鸠，在河之洲；
> 窈窕淑女，君子好逑。

> 参差荇菜，左右流之；
> 窈窕淑女，寤寐求之。

> 求之不得，寤寐思服；
> 悠哉悠哉，辗转反侧。

> 参差荇菜，左右采之；
> 窈窕淑女，琴瑟友之。

> 参差荇菜，左右芼之；
> 窈窕淑女，钟鼓乐之。

君子在河之洲，听到雎鸠叫春，就对"窈窕淑女，寤寐求之"，这是"发乎情"。后来订婚结婚，"琴瑟友之""钟鼓乐之"，这是止乎礼乐。换句话说，这也是"从心所欲而不逾矩"。《西厢记》中《惊艳》一折"发乎情"，《衣锦荣归》一折是止乎礼乐，这是《西厢记》对《国风》的继承。但是两书相差两千年，其间自然大有发展。《国风》中的"关关雎鸠，在河之洲"，都是客观的写鸟、写河。《西厢记·哭宴》一折中的"拆鸳鸯坐两下里""伯劳东去燕西飞"，说的是鸟，指的却是张生和莺莺。又如"泪添九曲黄河溢"，写的是九曲黄河，象征的却是莺莺的柔肠九转，传达的却是主观的离愁别恨。再如《关雎》中的"求之不得，辗转反侧"，也只是客观的描写；而《哭宴》中的"归家怕看罗帏里，昨宵是绣衾奇暖留春住，今日是翠被生寒有梦知"，对莺莺的内心世界做了细致的刻画，传达的相思之情也就更加深刻透彻，洒脱自如了。再又如《关雎》中谈到的食物，只有"参差荇菜"四个字。而在《哭宴》中莺莺说："将来的酒共食，尝着似土和泥，假如便是土和泥，也有些土气息，泥滋味。暖溶溶玉醅，白冷冷似水，多半是相思泪。面前茶饭不待吃，恨塞满愁肠胃。"金圣叹批道："此节是说酒，是说泪，不可得辨也。李后主云：'此中日夕只以眼泪洗面'，便是如出一口说话也。"由此可见，《西厢记》中的客观世界和人物的内心世界已经融成一片，难解难分。早在三百年前，金圣叹就已经"能历指其所以第一之故"了。

其实，《西厢记》"所以第一之故"，不但是继承、发展了《国风》，而且是超越了"发乎情，止乎礼"的限制。《国风》中有一篇著名的情诗《野有死麕》，全诗如下：

> 野有死麕，白茅包之；
> 有女怀春，吉士诱之。

林有朴樕，野有死鹿，
白茅纯束，有女如玉。
舒而脱脱兮！无感我帨兮！
无使尨也吠！

最后三句是怀春的少女对求欢的猎人说的话，余冠英的语体译文是："慢慢儿来啊，悄悄地来啊！我的围裙可别动！别惹得狗儿叫起来啊！"这里说的是"别动围裙"，暗示的却是猎人已经解开了少女的围裙的衣带。再比较《西厢记·酬简》中张生的唱词：

我将你纽扣儿松，我将你罗带儿解，
兰麝散幽斋，不良会把人禁害。哈！
怎不回过脸儿来？软玉温香抱满怀。
呀！阮肇到天台！春至人间花弄色，
柳腰款摆，花心轻拆，露滴牡丹开。

金圣叹批语说："双文之面虽终不得而看，而双文之扣，双文之带，则趁势已解矣。夫双文之扣，双文之事，此真非轻易可得而解也。今用明修栈道，暗度陈仓之法，轻轻遂已解得。世间真乃无第二手也。"描写情爱，从《国风》的暗示"别动围裙"，到《酬简》的明说"纽扣儿松""罗带儿解"（这是"明修栈道"），再到"露滴牡丹开"的象征写法（这是"暗度陈仓"），真是大大的发展，不但在中国，就是在全世界，恐怕也"无第二手了"。

中国诗歌从《国风》发展到《西厢记》，中间还有唐宋诗词的影响。如《哭宴》中莺莺的唱词：

> 我见他阁泪汪汪不敢垂，恐怕人知；
>
> 猛然见了把头低，长吁气，推整素罗衣。
>
> ……知他今宵宿在哪里？有梦也难寻觅。

在唐人韦庄（836—910）的《女冠子》中，已有类似的描写：

> 忍泪佯低面，含羞半敛眉。
>
> 不知魂已断，空有梦相随。

忍泪、低头、敛眉、寻梦，两词都有描写，但唐词精炼、高雅，元曲铺陈、细腻。比较一下，既可以看出唐词对元曲的影响，也可以看到元曲对唐词的发展。又如《哭宴》中的《收尾》：

> 四围山色中，一鞭残照里。
>
> 遍人间烦恼填胸臆，
>
> 量这些大小车儿如何载得起！

试比较宋代女词人李清照（1084—1151）的《武陵春》下半片：

> 闻说双溪春尚好，也拟泛轻舟。
>
> 只恐双溪舴艋舟，载不动许多愁。

李清照说轻舟载不动愁，《西厢记》说车儿载不起烦恼。元曲对宋词的继承和发展，在这里看得更清楚了。有了这两千年的文化积累，《西厢记》描写离情别恨，可以说是达到了新的高峰；而描写男女情爱，则在中国文学史上，简直是前无古人。李政道教授说得好："艺术，例如诗歌、绘画、雕塑、音乐等等，用创新的手法去唤起每个人的意识或潜意识中深藏着的已经存在的情感，情感越珍贵，唤起越强烈，反响越普遍，艺术就越优秀。"《西厢记》非常强烈地唤起了千百万人深藏心头的爱情，这是人类最珍贵的情感，反响持续了几个世纪，真是世界上不可多得的艺术珍品。

三百年后，莎士比亚的《罗密欧与朱丽叶》在西方流传很广，影响很大，可以和《西厢记》媲美。如果比较一下东西方的爱情故事，可以说东方的情人更加含蓄婉转，西方的情人更加直截了当。如《酬韵》中的张生和莺莺的唱和。

> 张生：月色溶溶夜，花阴寂寂春。
>
> 如何临皓魄，不见月中人。

莺莺：兰闺深寂寞，无计度芳春。

料得高吟者，应怜长叹人。

张生不说自己爱慕莺莺，却婉转地说他见月思人；莺莺也不说自己怜才，却含蓄地要才子怜惜佳人。而罗密欧和朱丽叶却大不相同，开门见山，握手吻嘴。请看曹禺的译文：

罗密欧：神不也有嘴唇，香客也有？

朱丽叶：进香的朋友，嘴唇是用来祈祷。

罗密欧：哦，我的神，让嘴唇也学学手，

答应了吧，不然，信念就化成苦恼。

他们说的是神、香客、祈祷，指的却是朱、罗、亲吻，并且说到做到，立刻见于行动。这是东西方不同的一点：东方发乎情，止乎礼；西方却一见钟情，甚至借宗教之名，来行情爱之实。但东西方情人也有相同之处，如《酬韵》后，

张生：你若共小生斯觑定，

隔墙儿酬和到天明，

便是惺惺惜惺惺。

这和罗密欧离开朱丽叶时的对话，大同小异。请看曹禺译的罗密

欧和朱生豪译的朱丽叶：

> 罗：爱去找爱，就像逃学的孩子躲开书房；
>
> 　　两个分开，好比垂头丧气赶回到学堂。
>
> 朱：晚安！晚安！离别是这样甜蜜的凄清，
>
> 　　我真要向你道晚安直到天明。

张生说的"惺惺惜惺惺"和罗密欧说的"爱去找爱"，张、崔"酬和到天明"和罗、朱道晚安直到天明，不但内容相似，而且形式和词语都有相同之处，真可以说是"诗人所见略同"了。

　　张生说话和罗、朱有相同之处，莺莺和朱丽叶却有所不同，这从红娘和奶妈口中，可以听得出来。奶妈在二幕五场中对朱丽叶说：

> 那就去吧，去吧，快到神父那儿去吧，
>
> 那儿新郎官等着你来做新娘子呢。（曹译）

奶妈说话直截了当，也说明了朱丽叶直截了当的性格。红娘说话有时转弯抹角，既说明了她自己聪明伶俐，又衬托莺莺的含蓄婉转。红娘在如《闹简》中说到莺莺：

几曾见，寄书的颠倒瞒着鱼雁？

小则小心肠儿转关，

教你跳东墙，"女"字边"干"。

原来五言包得三更寒，四句埋得九里山。

你着紧将人慢，你要会云雨闹中取静，

却教我寄音书忙里偷闲！

金圣叹说："《西厢记》只为要写此一个人（双文），便不得不又写一个人。一个人者，红娘是也。若使不写红娘，却如何写双文？然而《西厢记》写红娘，当知正是出力写双文。"可见中国评论家早就知道烘云托月的写法了。

总而言之，以《西厢记》和莎剧的主题而论，都是写爱情与家庭的矛盾。《西厢记》以金榜题名为家庭赢得了荣誉，以洞房花烛为双方赢得了爱情，这是中国典型的大团圆结局。莎剧却以儿女的死亡为代价，使两家世仇化敌为友，这是西方爱情与荣誉冲突的典型悲剧。换句说话，解决矛盾，东方用的是文化，西方用的是暴力。以结构而论，两剧情节都很曲折，但《西厢记》的曲折多是内心的，莎剧却多是外界的。以人物而论，《西厢记》描写外在形象，更加生动；莎剧描写内在情感，更加深刻。以笔法而论，《西厢记》善用抽象选词，历史典故；莎剧善用具体形象，双关文字。两剧各有千秋。

《西厢记》在西方，远不如莎剧广为人知。直到1935年，英国才出版了熊式一的散体译本。林语堂认为熊译准确有余，诗意不足。后来香港出版了新译本，还是译成散文。到了90年代，美国又出了加州大学韦斯特教授的散体译本。1992年，我国外文出版社才出了我译的韵文本。但我根据金圣叹的评论，只译了四本十六折，译到《惊梦》为止。直到现在这本英译，才把五本二十折完全译出。其中唱词全部译成韵文，说白则译成散文，和莎剧中抒情多用诗体，叙事多用散体，有相似之处。因此，本书的出版可以说是对东西方文化的交流做出了重要的贡献。

早在20世纪初，英国哲学家罗素就说过：中国文化在三方面优于西方文化。第一，在艺术方面，象形文字高于拼音文字；第二，在哲学方面，儒家的人本主义优于宗教的神权思想；第三，在政治方面，"学而优则仕"高于贵族世袭制。这三方面的优势，在《西厢记》中都有所表现；具体说来，不用暴力，而用文化来解决家族之间的矛盾，就是一个例子。

日本《读卖月刊》1994年1月号说："20世纪在文化方面没给我们这一代留下多少有益的东西。"又说："当中国在21世纪具备了与其人口和面积相称的影响力时，中国文明将在世界文化中占有重大的比重。"因此，湖南人民出版社出版了汉英对照的《诗经》《楚辞》《宋词》《西厢记》等书，就是为建立21世纪的世界文化，添上了一砖一瓦。

辑二

名师风采

（一）

孤帆远影碧空尽，

惟见长江天际流。

——李白《送孟浩然》

联大常委、清华大学梅贻琦校长有一句名言，大意是说：大学不是有大楼，而是有大师的学府。谈到大师，清华国学研究院有梁启超、王国维、陈寅恪、赵元任四位。梁启超在1929年已经去世，我读过他1922年5月21日在清华文学社讲的《情圣杜甫》，演讲中说：杜甫写《石壕吏》时，"他已经化身做那位儿女死绝、衣食不给的老太婆，所以他说的话，完全和他们自己说的一样……这类诗的好处在真，事愈写得详细，真情愈发挥得透彻。我们熟读它，可以理会得'真即是美'的道理。"从这个例子中，可以看出梁任公是如何把西方的文艺理论和中国的古典诗词结合起来的。

据说1926年诗人徐志摩和陆小曼结婚时，请梁启超做证婚人，不料他却在婚礼致词的时候，用老师的身份教训他们说："徐志摩，你这个人性情浮躁，所以做不好学问；徐志摩，你用情不专，以至于离婚再娶……陆小曼，你要认真做人，你要尽妇道之责，你今后不可以妨害徐志摩的事业……"从这篇闻所未闻的婚礼致词中，也可以想见任公的为人。我虽然没有亲受教诲，但读了这些雪泥鸿爪，也就如闻其声，如见其人了。

王国维是1925年来清华国学研究院任教的，他的《人间词话》是我国古代文艺理论和美学思想的一个总结。他提出的"境界说"对我很有启发，我把他的理论应用到翻译上，提出了文学翻译应该达到"知之、好之、乐之"三种境界。所谓"知之"，犹如晏殊《蝶恋花》中说的："昨夜西风凋碧树，独上高楼，望尽天涯路。"西风扫清了落叶，使人登高望远，一览无遗。就像译者清除了原文语言的障碍，使读者对原作的内容可以了如指掌一样。所谓"好之"，犹如柳永《凤栖梧》中说的："衣带渐宽终不悔，为伊消得人憔悴。"译者如能废寝忘食，留连忘返，即使日渐消瘦，也无怨言，那自然是爱好成癖了。所谓"乐之"，犹如辛弃疾《青玉案》中说的："众里寻他千百度，蓦然回首，那人却在灯火阑珊处。"这说出了译者"山穷水尽疑无路，柳暗花明又一村"的乐趣。使读者"知之"是"第一种境界"或低标准，使读者理智上"好之"是"第二种境界"或中标准，使读者感情上"乐之"是"第三种境界"或高标准。

赵元任被誉为中国语言学之父。我在小学时就会唱他作的歌："枯树在冷风里摇，野火在暮色中烧，西天还有些残霞，教我如何不想他？"1920 年他在清华国学研究院任教，为英国哲学家罗素做翻译，每到一个地方演讲，他都用当地话翻译，他模仿得这样像，本地人都错认他是同乡了。谈到译诗，他也说过："节律和用韵得完全求信。"又说："像理雅各翻译的《诗经》跟韦烈翻译的《唐诗》……虽然不能说味如嚼蜡，可是总觉得嘴里嚼着一大块黄油面包似的。"这些话对我很有启发，后来我译《诗经》和《唐诗》，就力求传达原诗的"意美、音美、形美"。所谓"意美"就是既不能味同嚼蜡也不能如嚼黄油面包；所谓"音美"，就包括用韵得求信；所谓"形美"就包括"节律得求信"。

在四位大师中，梁、王都在 20 世纪 20 年代去世，赵元任自 1938 年起，长期在美国任语言学会会长，所以我只见过陈寅恪一人。他来清华是梁启超推荐的，据说校长问梁："陈是哪一国博士？"梁答："他不是博士。"校长说："既不是博士，又没有著作，这就难了！"梁启超忿然说："我梁某也没有博士学位，著作算是等身了，但总共还不如陈先生寥寥数百字有价值，因为他能解决外国著名学者所不能解决的难题。"校长一听，才决定聘陈来清华任导师。他在清华住赵元任家，因为他"愿意有个家，但不愿成家"。赵同他开玩笑说："你不能让我太太老管两个家啊？"他才成了家。

1939 年 10 月 27 日，我在昆中北院一号教室旁听过陈先生讲《南北朝隋唐史研究》，他闭着眼睛，一只手放在椅背上，另一只手放在膝头，不时发出笑声。他说研究生提问不可太幼稚，如"狮子额下铃谁解得？"解铃当然还是系铃人了。（笑声）问题也不可以太大，如两个和尚望着"孤帆远影"，一个说帆在动，另一个说是心在动，心如不动，如何知道帆动？（笑声）心动帆动之争问题就太大了。问题要提得精，要注意承上启下的关键，如研究隋唐史注意杨贵妃的问题。因为"玉颜自古关兴废"嘛。

北大名师林语堂到美国去了，他写的《人生的艺术》选入了联大的英文读本；他本人也回联大做过一次讲演。记得他说过：我们听见罗素恭维中国的文化，人人面有喜色；但要知道：倘使罗素生在中国，他会是攻击东方文化最大胆、最彻底的人。罗素认为中国文化有三点优于西方文化：一是象形文字高于拼音文字，二是儒家人本主义优于宗教的神学，三是"学而优则仕"高于贵族世袭制，所以中国文化维持了几千年。但儒家伦理压制个性发展，象形文字限制国际交往，不容易汇入世界文化的主流，对人类文明的客观价值有限，所以应该把中国文化提升到世界文明的高度，才能成为世界文化的有机成分。

北大的朱光潜也没有来联大，而是到武汉大学去了。我读过他的《谈美》和《诗论》等书，得益匪浅。后来我把毛泽东诗词译成英文、法文，就把译文和译论一同寄去请教，得到他1978年1月8日的回信说："意美、音美和形美确实是做诗和译诗所应遵循的。"这给了我很大的鼓舞，因为当时的译坛是分行散文的一统天下。他还告诉我：有人写过 80 封讨好江青的信，要删去毛泽东诗词中"我失骄杨""东临碣石"等的注解，大家就说这 80 封信是"胡笳八十拍"。朱先生还写了一首讽刺诗说：

> 琵琶遮面不遮羞，树倒猢狲堕浊流。
> 不注骄杨该万死，雷轰碣石解千愁。

1983 年我来北大任教，朱先生那时 87 岁了，还亲自来看我，赠我一本《艺文杂谈》，书中说到："诗要尽量地利用音乐性来补文字意义的不足。"又说："诗不仅是情趣的意象化，尤其要紧的是情趣的形式化。"我从书中找到了译诗"三美论"的根据。

朱光潜虽然没有来联大，朱自清却是联大中国文学系主任。早在 1924 年，两位朱先生就在上虞春晖中学同事，朱自清教国文，朱光潜教英文。1931 年我在小学六年级时读过朱自清的《背影》，但我喜欢的不是这篇描写父子真情、朴实无华的课文，而是更能打动幼小心灵的那一篇："桃花谢了，有再开的时候；燕子去了，有再来的时候；消逝了的日子，却一去不复返了。"

1938 年来联大后，居然在大一国文课堂上，亲耳听到朱先生讲《古诗十九首》，这真是乐何如之！记得他讲《行行重行行》一首时说："胡马依北风，越鸟巢南枝"两句，是说物尚有情，何况于人？是哀念游子漂泊天涯，也是希望他不忘故乡。用比喻替代抒叙，诗人要的是暗示的力量；这里似乎是断了，实际是连着。又说"衣带日已缓"与"思君令人老"是一样的用意，是就结果显示原因，也是暗示的手法；"带缓"是结果，"人瘦"是原因。这样回环往复，是歌谣的生命；有些歌谣没有韵，专靠这种反复来表现那强度的情感。最后"弃捐勿复道，努力加餐饭"两句，解释者多半误以为说的是诗中主人自己，其实是思妇含恨的话："反正我是被抛弃，不必再提吧；你只保重自己好了！"朱先生说得非常精彩。后来我把这首诗译成英文，把"依北风"解释为"不忘北国风光"，就是根据朱先生的讲解。

其实，这一年度的大一国文真是空前绝后的精彩。中国文学系的教授，每人授课两个星期。我这一组上课的时间是每星期二、四、六上午 11 时到 12 时，地点在昆华农校三楼大教室。清华、北大、南开的名教授，八仙过海，各显神通。如闻一多讲《诗经》，陈梦家讲《论语》，许骏斋讲《左传》，刘文典讲《文选》，唐兰讲《史通》，罗庸讲《唐诗》，浦江清讲《宋词》，魏建功讲《狂人日记》等等。真是老师各展所长，学生大饱耳福。

记得 1939 年 5 月 25 日，闻一多讲《诗经·采薇》，他说："昔我往矣，杨柳依依。今我来思，雨雪霏霏。"这是千古名句，写出了士兵的痛苦，达到了情景交融的境界。他讲时还摸着抗战开始时留下的胡子，流露出无根的感慨。朱光潜在《诗论》中也讲过《采薇》，他说："这四句话如果译为现代的散文，则为：从前我去时，杨柳还正在春风中摇曳；现在我回来，已是雨雪天气了。原诗的意义虽大致还在，它的情致却不知走向何处去了。义存而情不存，就因为译文没有保留住原文的音节。实质与形式本来平行一致，译文不同原诗，仅在形式，实质亦并不一致。比如'在春风中摇曳'译'依依'就是勉强，费词虽较多而涵蓄却较少。'摇曳'只是呆板的物理，'依依'却含有浓厚的人情。诗较散文难翻译，就因为诗偏重音而散文偏重义，义易译而音不易译。"闻先生宏观的综合，朱先生微观的分析，对我帮助很大。我后来把这四句诗译成英、法文时，就不但是写景，还要传情；不但存义，还要存音。所以我把原文的四个字译成英、法文的四个音节，并尽可能押韵。例如"依依"二字，我译成"依依不舍地流下了眼泪"，用拟人法来传情达意；"雨雪霏霏"，英文我译成"大雪压弯了树枝"，用树枝的形象来隐射劳苦压弯了腰肢的士兵；法文却利用岑参《白雪歌》中"千树万树梨花开"的形象，译成"白雪在枝头开花"了。法文"开花"（*en fleurs*）和第二句的"流泪"（*en pleurs*）押韵；英文"眼泪"（*tear*）和我离开"这里"（*here*）押韵，"树枝"（*bough*）和"现在"（*now*）我回来押韵。译完之后，觉得无论情意音形，都胜过了现代散体译文，且证明了我的"三美论"提得不错；如果译文使读者"知之、好之、乐之"，那就算不辜负闻、朱二先生的教诲了。

2月28日，陈梦家先生讲《论语·言志篇》，讲到："莫春者，春服既成，冠者五六人，童子六七人，浴于沂，风乎舞雩，咏而归。"他挥动双臂，长袍宽袖，有飘飘欲仙之概，使我们知道了孔子还有热爱自由生活的一面。有一中文系同学开玩笑地问我："孔门弟子七十二贤人，有几个结了婚？"我不知道，他就自己回答说："冠者五六人，五六得三十，三十个贤人结了婚；童子六七人，六七四十二，四十二个没结婚；三十加四十二，正好七十二个贤人，《论语》都说过了。""五六"二字一般指"五或六"，有时也可指"五乘六"，从科学观点看，这太含糊；从艺术观点看，这却成了谐趣。

　　刘文典是一位才高学广、恃才自傲的狷介狂人。《清华暑期周刊》1935 年 7 月登了一篇《教授印象记》，说他"是一位憔悴可怕的人物。看啊！四角式的平头罩上寸把长的黑发，消瘦的脸孔安着一对没有精神的眼睛，两颧高耸，双颊深入；长头高举兮，如望空之孤鹤；肌肤瘦黄兮，似僻谷之老衲……状貌如此，声音呢？天啊！不听时犹可，一听时真叫我连打几个冷噤。既尖锐又无力，初如饥鼠兮，终类寒猿……他讲《圆圆曲》，如数家珍……"他讲曹丕《典论·论文》，一边讲一边抽烟，一支接着一支，旁征博引，一小时只讲了一句。文中讲到："文人相轻，自古而然。""文人善于自见，而文非一体，鲜能备善，是以各以所长相轻所短。""常人贵远贱近，向声背实。"他讲得头头是道，其实他轻视作家，公开在课堂上说："陈寅恪才是真正的教授，他该拿 400 块钱，我该拿 40 块钱，沈从文只该拿 4 块钱。"有一次跑空袭警报，他看到沈从文也在跑，便转身说："我跑是为了保存国粹，学生跑是为了保留下一代希望，可是该死的，你干吗跑啊？"他不但轻视文人，当他做安徽大学校长的时候，甚至顶撞蒋介石说："你是总司令，就应该带好你的兵；我是大学校长，学校的事由我来管。"结果蒋介石关了他好几天，鲁迅《二心集》中都有记载。

罗庸讲杜诗。如果说梁任公讲杜诗侧重宏观的综合，那么罗先生却侧重微观的分析。如《登高》前半首："风急天高猿啸哀，渚清沙白鸟飞回。无边落木萧萧下，不尽长江滚滚来。"罗先生说这首诗被前人誉为"古今七律第一"，因为通篇对仗，而首联又是当句对："风急"对"天高"，"渚清"对"沙白"；一、三句相接，都是写所闻；二、四句相接，都是写所见；在意义上也是互相紧密联系：因"风急"而闻落叶萧萧，因"渚清"而见长江滚滚；全诗融情于景，非常感人。学生听得神往。有一个历史系的同学，用"无边落木萧萧下"要我猜一个字谜；我猜不出，他就解释说："南北朝宋齐梁陈四代，齐和梁的帝王都姓萧，所以'萧萧下'就是'陈'字；'陈'字'无边'成了'东'字，'东'字繁体（東）'落木'，除掉'木'字，就只剩下一个'日'字了。"由此可见当年联大学生的闲情逸趣。

浦江清讲李清照的《金石录后序》，讲到她前半生的幸福和后半生的坎坷："只恐双溪舴艋舟，载不动许多愁。"他就联系《西厢记·送别》说："遍人间烦恼填胸臆，量这些大小车儿如何载得起！"就是继承和发展了宋词。为了继承和发扬祖国的文化，50 年后，我把诗经、唐诗、宋词、元曲等译成了英、法文，回忆起来，不能不感激朱、闻、罗、浦诸位先生；但现在却是英魂"远影碧空尽"，只见长江天际流了。

（二）

采撷远古之花兮，

以酿造吾人之蜜。

吴宓

1939 年秋，我升入联大外文系二年级，选修了吴宓教授的欧洲文学史，陈福田教授的大二英文，莫泮芹教授的英国散文，谢文通教授的英国诗，刘泽荣教授的俄文，贺麟教授的哲学概论。

关于吴宓，温源宁在《一知半解》中有非常生动的剪影："吴宓先生真是举世无双，只要见他一面，就再也忘不了。""吴先生的面貌呢，却是千金难买，特殊又特殊，跟一张漫画丝毫不差。他的头又瘦削，又苍白，形如炸弹，而且似乎就要爆炸。胡须时有进出毛孔欲蔓延全脸之势，但每天清晨总是被规规矩矩地刮得干干净净。他脸上七褶八皱，颧骨高高突起，双眼深深陷入，两眼盯着你，跟烧红了的小煤块一样——这一切，都高踞在比常人高半倍的脖之上；那清瘦的身躯，硬邦邦，直挺挺，恰似一根钢棍。"

　　关于吴先生的为人，温源宁接着说："他以学识自豪，他的朋友们也因这位天生的名士而得意。他绝不小气，老是热心给别人帮忙，而又经常受到某些友人和敌人的误解，对别人的良好品德和能力，他有点过于深信不疑；外界对他有意见，他也过于敏感。这样，对自己也罢，对外界也罢，吴先生都不能心平气和。"吴先生的学者风度，可以从他对钱锺书的评论中看出：钱锺书是他的学生，他却能虚怀若谷，慧眼识英雄，可见他是多么爱才若渴！我自己也有亲身的体会。1940 年 5 月 29 日，我在日记中写道："上完欧洲文学史时，吴宓先生叫住我说：'我看见刘泽荣先生送俄文分数给叶公超先生（系主任），你小考 100 分，大考 100 分，总评还是 100 分，我从没有见过这样好的分数！我从没见过这样好的分数！'"吴先生是大名鼎鼎的老教授，这话对一个 19 岁的青年是多大的鼓舞！我当时就暗下决心，《欧洲文学史》一定也要考第一。结果我没有辜负吴先生的期望；但却因为搬动讲桌没有搬回原处，挨了他一顿批评。那时，吴先生的讲义贴在昆中北院 9 号教室墙上，要我们下课后自己抄写。我和几个同学把讲桌搬到墙边，抄完后我们走了；又来了几个同学，最后抄的同学没有把讲桌搬回原处，吴先生气得大发雷霆。但他并没问清楚谁是最后抄写的人，却只批评最初搬讲桌的学生。由此也可看出他不"心平气和"了。

　　关于吴先生的年龄，温源宁写道："他实际不到 50 岁，从外表上看，你说他多大年岁都可以，只要不超过 100，不小于 30。

他品评别人总是扬长避短，对自己则从严，而且严格得要命。他信奉孔子，在人们眼中是一位不折不扣的孔门学者。他严肃认真，对人间一切事物都过于一丝不苟，采取了自以为是的固执态度。"他品评别人扬长避短，如对我的好评就是一例；他过于严肃认真，如为了讲桌批评我们一顿也是例子。他的一丝不苟，首先表现在他的书法上，他写中文非常工整，从来不写草字、简字；他写英文也用毛笔，端端正正，不写斜体，例如 S 和 P 两个字母，写得非常规矩，50 年来，我一直模仿他的写法。其次，他的一丝不苟，还表现在排座位上。联大学生上课，从来没有排座次的，只有吴先生的《欧洲文学史》是例外。他安排北大、清华、南开的学生坐前，于是在美国《诗刊》上发表过英文诗的李廷揆（北大），后来翻译出版了《红与黑》的赵瑞蕻（南开）就坐在第一排；赵的未婚妻杨静如（杨苡）后来翻译出版了《呼啸山庄》，按学号应该坐在后排，但吴先生却照顾她坐在赵旁边，可见他还是古典主义和浪漫主义相结合的。我坐中排，左边是名副其实的美人金丽姝，右边是联大校花、国际建筑大师林同炎的未婚妻高训诠，真是"才子佳人"济济一堂。

关于教学，温源宁接着说："作为老师，除了缺乏感染力之外，吴先生可说是十全十美。他严守时刻，像一座钟，讲课勤勤恳恳，像个苦力。别人有所引证，总是打开书本念原文。他呢，不管引文多么长，老是背诵。无论讲解什么问题，他总讲得有条有理，第一点这样，第二点那样。枯燥，容或有之，但绝非不得要领。"关于背诵，我是得益匪浅。上课时，我一听到老师照本宣科，就会心不在焉，因为照本宣科不能融入自己的感情，不能引起听众的兴趣，不能导致心灵的交流，不能使听众受到感动，所以多半失败。吴先生讲课有条有理，我记得他讲到英国五大浪漫主义诗人时说："华兹华斯是自然中见新奇，柯勒律治是新奇中见自然，拜伦是表现自我的诗魔，雪莱是追求理想的诗神，济慈是沉醉于美的诗人。"真是要言不烦，一语中的。吴先生不但自己背诵，也要求我们多背诗。考清华研究院外国文学研究所有一个必考的题目，就是默写一首你最喜欢的英文诗。我考试时，曾把雪莱的《云》八十四行，一百二十二韵，从头到尾默写出来。这不但使我考入了清华研究院，更重要的是，为我后来把中国古典诗词译成英文，打下了一个良好的基础。如果不背英诗，翻译诗词是难以想象的。回忆起来，不得不归功于吴先生的教导。

最后，温源宁作结论说："一个孤独的悲剧角色！尤其可悲的是：吴先生对他自己完全不了解。他承认自己是热心的人道主义者、古典主义者；不过，从气质上看，他是个彻头彻尾的浪漫主义者。""他赞赏拜伦，是众所周知的。他甚至仿照《哈罗尔德公子》写了一首中文长诗，自相矛盾，然而，谁也不觉得这是个闷葫芦，除了他自己！"在我看来，吴先生是古典主义的外表，却包含着浪漫主义的内心。前面提到，我们搬动讲桌没有搬回原处，在他看来，这是违犯了尊师重道的古典主义原则，即使从浪漫主义观点来看，也是情无可原的，所以他批评了我们一通。而杨静如坐到赵瑞蕤旁边，虽然也不合乎论资排辈的原则，但却有一点浪漫主义的精神，所以他就通融处理了。这种例子很多，如欧洲文学中，他最推崇希腊的古典文学，和近代的法国浪漫主义文学。他讲中世纪的文学，最推崇但丁的《神曲》，《神曲》中游地狱的向导是古典主义诗人维吉尔，游天堂的向导却是但丁一见钟情的美人贝雅特丽齐。他讲法国文学，最推崇卢梭的《忏悔录》，最爱读卢梭牵着两个少女的马涉水过河那一段，认为那是最幸福的生活，最美丽的文字。他讲英国文学，最赞赏雪莱的名言："爱好像灯光，同时照两个人，光辉不会减弱。"由此可见他浪漫主义的内心。

吴先生讲欧洲文学史，其实也讲了欧洲文化史，因为他讲文学，而哲学也包括在内。如讲希腊文学，他却讲了苏格拉底、柏拉图、亚里士多德；后来他为外文系三年级学生开欧洲名著，讲的就是《柏拉图对话录》。他最善于提纲挈领，认为柏拉图思想中最重要的是"一""多"两个字："一"指抽象的观念，如方、圆、长、短；"多"指具体的事物，如方桌、圆凳、长袍、短裤。观念只有一个，事物却有多种多样。柏拉图认为先有观念，然后才有事物。如果没有方桌的观念，怎么能够制造出方桌来？他还认为观念比事物更真实，因为方的东西、圆的东西，无论如何，也没有方的观念那么方，没有圆的概念那么圆。因此，一个人如果爱真理，其实是爱观念超过爱事物，爱精神超过爱物质，这就产生了柏拉图式的精神恋爱观，后来对我产生了不小的影响。但是观念存在于事物之中，一存在于多中，所以爱观念不能不通过事物或对象。而对象永远不能如观念那样完美，那样理想，因此，恋爱往往是在多中见一，往往是把对象理想化了。但理想化的对象一成了现实中的对象，理想就会破灭，因此，只有没实现的理想才是完美的。但丁终身热恋贝雅特丽齐，正是因为她没有成为但丁夫人呵！

吴先生还为外文系四年级学生讲作文和翻译。我第一次听他讲翻译是1939年暑假在昆华工校的大教室里。记得他的讲话充满了柏拉图多中见一的精神，这就是说，翻译要通过现象见本质，通过文字见意义，不能译词而不译意。其实，他说的词就是后来乔姆斯基所谓的表层结构，他说的意就是所谓的深层结构，不过他是言简意赅，没有巧立名目、玩弄字眼而已。

他讲英文作文，还是强调背诵、模仿。也就是说，要我们背熟一篇名作，然后模仿写篇作文。在他的教导下，我模仿莎士比亚的《哈姆雷特》和塞万提斯的《堂·吉诃德》，写了一篇叫做《吉诃莱特》的故事，现摘译于后：

　　　吉诃莱特年轻漂亮，身材高大，脸色红润，但是走起路来，眼睛不是朝下就是朝上，从来不正面看人。他讲究穿着，衬衣领子雪白，衬托得领带的色彩更鲜艳；每次走过橱窗，他总要看看自己的身影。如果看到别人穿着比他更加讲究，他也并不羡慕，因为他认为金玉其外的人，往往是败絮其中。其实，人虽不可貌相，外表和内心也不一定是成反比的。

他总是以己之长比人之短，所以觉得自己高人一等，不把别人放在眼里。但是一个月夜，他在湖滨舞会上认识了秀外慧中的南茜，却又自惭形秽了。那夜的月亮发出了银光，使湖水看来像溶化了的碧玉，而南茜的眼睛比明月还更亮，她的笑容比湖水还美。他们共舞的时候，他沉醉在湖光月色、秋波笑影之中，几乎是神魂颠倒了。更使他喜出望外的，是南茜接受了他的约会。这幸福的代价，就是一个不眠之夜。

他和幸福之间，只隔几个明天，但他却觉得是度日如年，时光好像是爬行的蜗牛。等到那个明天变成了今天，他就穿上他最好的衣服去赴约会。不料他外表越讲究，内心却越空虚；他说起话来语无伦次，做起事来手足无措；他越想显示自己，反而越显得笨拙。他的确是金玉其外，败絮其中。于是这第一次约会，也就成了最后一次约会。

但他爱得不深，苦恼也不长久。他又去书中寻找安慰，因为"书中自有颜如玉，书中自有黄金屋，书中自有千钟粟"。他幻想自己成了有"黄金屋"和"千钟粟"的外交官，自然不愁没有"颜如玉"了。他就这样自我安慰，取得了精神的胜利。

　　哈姆雷特是思想的巨人，行动的矮子；堂·吉诃德却是思想的矮子，行动的巨人。我写《吉诃莱特》，本来要写半个堂·吉诃德，半个哈姆雷特，也就是说，一个思想上和行动上的矮子，结果却是"画虎不成"，写得有点像在模仿《罗密欧与朱丽叶》中的楼台会了。我还模仿雪莱《云》的格式，写了一首吉诃莱特献给南茜的英文诗，现在翻译如下：

> 我驾着小舟，在湖上漫游，
> 　　湖水如梦如醉；
> 夜深人又静，月色明如镜，
> 　　叫我如何入睡？
> 星星在天上，闪烁着微光，
> 　　好像你的眼睛；
> 微风软软吹，流水去不回，
> 　　流过了我的心。
> 波浪拍湖岸，是我的呼唤，
> 　　使水不断荡漾；
> 假如陪着你，我多么欢喜，
> 　　哪怕只是想象！

但是谁知道：湖水这么好，

下面却有旋涡？

谁能够料想：美丽的女郎

心里却没有我？

没有我也罢！我愿做傻瓜，

沉湎在旋涡里；

哪怕你说谎，我也愿上当，

只要使你欢喜！

我带着恐惧，但只好离去，

去到海角天涯；

假如你后悔，我立刻就会

不再四海为家！

　　吴先生看了我的作文，说是他不喜欢我描写的人物，但是英文写得还好，善于模仿前人用词造句；写诗也是有韵有调，读来琅琅上口，给了我80分。我在吴先生班上只写了这一篇作文。1941年11月，美国志愿空军飞虎队来华对日作战，需要大批英文翻译。联大外文系四年级男生（除吴讷荪外）全部应征服役，我就离开了联大。

　　1942年秋，我回联大复学，又选修了吴先生开的文学与人生。他说："文学是人生的精华；哲学是气体化的人生，诗是液体化的人生，小说是固体化的人生，戏剧是固体气化的人生。哲学重理，诗重情，小说重事，戏剧重变。小说包含的真理多于历史，所以小说比历史更真，我们可以从小说或文学中了解人生。"又说："孔子注重理想生活（精神），对于实际生活（物质），则无可无不可。他有自己的事业与幸福（义），所以轻视外在的环境和物质的享受（利）。"吴先生的儒家思想深深地影响了我们这一代外文系的学生。

逝水余波

《文汇读书周报》1996年一二月摘要发表了两章《追忆逝水年华》，现在全书已由北京三联出版，但在出书前一两年，书中提到的王浩、周珏良、许国璋、吴景荣、王佐良几位学长，又都随"逝水年华"而去，加入了古人的行列。因此，对健在的师友或他们的子女，我就赶快把书送去，并且加上几句题词，作为纪念。

冯友兰先生的女公子宗璞去香港中文大学讲学，谈到冯先生《新原人》中的四种境界：自然境界、功利境界、道德境界、天地境界，举了《追忆》中联大学生对境界的讨论为例。我在献词中就写道：

> 幸从冯师早闻道，乐得劫余逍遥游。

所谓闻道，首先是指这四种境界。简单说来，自然境界指不自觉的精神状态，功利境界指为私的状态，道德境界指为公的状态，而天地境界则指纯理性的精神状态。联系到翻译上来说，翻译而不理解，逐字硬译是自然境界，抢译畅销书是功利境界，把翻译当任务是道德境界，从必然王国到自由王国是天地境界。所谓闻道，还指听过冯先生讲哲学与诗："诗写可以感觉的东西，但却在里面显示出不可以感觉的，甚至是不可思议的东西。诗的含蕴越多越好。满纸美呀，读来不美，这是下乘；写美也使人觉得美，那是中乘；不用美字却使人感到美才是上乘。"联系到翻译上来，形似是下乘，意似是中乘，神似是上乘。按照这些道理译诗，就可以从必然王国进入自由王国，在天地境界逍遥游了。早在 50 年前，我就听过冯先生讲道，但一直到"文革"劫后，才能理论联系实践。

吴宓先生的女公子学昭正在整理吴先生的日记，需要《追忆》参考作注，我又写上两句：

> 幸从吴师少年游，译诗方得惊人句。

吴先生说过："真境与实境迥异，而幻境之高者即为真境。"应用到翻译上来，我认为形似是实境，意译接近幻境，神似是意译的最高境界，接近真境。吴先生还要我们熟读英诗，这样才能从实境通过幻境进入真境，从机械唯物主义通过浪漫主义进入理想的现实主义，这样才能译出得意忘形的妙句。

和我同从吴师少年游的有赵瑞蕻、杨苡夫妇，赵是 50 年前第一个翻《红与黑》的译者，他的翻译思想和我的有所不同，所以我送他们《追忆》时写了两句：

五十年来《红与黑》，谁红谁黑谁明白？

《文汇读书周报》1995年发表了他和我的论战，例如同一句法文，他译成"我喜欢树阴"，我译成"大树底下好乘凉"；他赞成市长夫人"去世"了，我赞成"魂归离恨天"。我认为这两个译例典型地说明了实境与真境的区别。"喜欢树阴"是实境，但如果经过幻境，想象一下市长为什么"喜欢树阴"，那就会进入真境，知道市长喜欢树阴是因为大树底下好乘凉了。同样的道理，"去世"也是实境，是指自然死亡；如果通过幻境想象一下：市长夫人是自然死亡吗？回答却是"含恨而死"，"含恨而死"还找得到比"魂归离恨天"更好的译文吗？所以说"魂归离恨天"进入了真境。我和瑞蕻学长通信时，他还补充了一件往事，说吴宓先生上欧洲文学史点名点到金丽姝时，用英文说了一句"*A beautiful name?*"（一个美丽的名字）。现在回想起来，名字也是实境，通过回忆的显微镜看一下这个亭亭玉立的女学生，真境应该是"一个美人"！美国诗人弗洛斯特说过："诗说一指二。"吴先生是诗人，所以说的是名，指的是人。

吴先生欧洲文学史班上学生还有诗人杜运燮，他是《九叶集》诗人之一，我给他的题词就把屈原的《湘夫人》改了一下：

　　袅袅兮秋风，滇池波兮九叶下。

　　吴先生在清华研究院指导的研究生中，有女词人茅于美。于美是茅以升先生的女公子，联大同班徐璇的夫人。早在40年代，她就出版了《夜珠词》和《海贝词》，冯至先生说她是当代的李清照。她和璇兄都曾和我同听闻一多、朱自清几位先生的大一国文。我的题词是把贺铸的〔青玉案〕改为：

　　锦瑟华年曾共度，听我追忆春知处。

　　吴先生的研究生中，还有历史系毕业的何兆武，他出版了英文专著《中国思想发展史》，对中西文化交流做出了贡献。他是少数在清华大学做研究工作的联大校友，我送他的题词是：

　　当年春城梦蝴蝶，今日清华听杜鹃。

　　联大中文系汪曾祺，外文系赵全章、袁可嘉（《九叶集》诗人）都对外文系女同学施松卿有意，我见到一张他们四个人在桂树前的照片。后来施成了汪夫人，我给他们的题词是：

　　同是联大人，各折月宫桂。

清华研究生端木正和我同船赴欧，我还旁听了他在巴黎大学取得国际法博士学位的答辩会。回国后他任中山大学教授，参加了香港基本法的起草工作，担任过最高法院副院长。我给他写了两句：

香港回归在今朝，基本法规有萧曹。

留法同学吴冠中送了我一本《谈艺录》，第9页上说："扬弃了今天已不必要的被动地拘谨地对对象的描摹……尽情发挥和创造美的领域，这是绘画发展中的飞跃。"我觉得这话如果应用于翻译，就可以说：扬弃了形似的描摹，创造性地发挥译语的优势，是翻译艺术的飞跃。因此，我在送他的题词中说：

诗是抽象的画，画是具体的诗。

联大物理系同学朱光亚和我同在昆明天祥中学（《追忆》中的"天下第一中学"）任教，我们同去阳宗海度过假，同在一起打过桥牌，他无论叫牌或打牌，计算都很精确，无怪乎他后来对我国的核事业做出了重要的贡献。我给他题词说；

当年桥战阳宗海，今日核弹上青天。

南开大学化学系申泮文也在天祥任教，也同去过阳宗海，现在是中科院化学部院士。我给他的题词是：

> 译学也是化学，化原文为译文。

联大工学院同班王希季，夫人聂秀芳是天祥校友，所以我们是双重关系。王希季是我国回收卫星的总设计师，回收安全率达到百分之百，超过了美国和苏联。我的题词是：

> 卫星是天上的诗词，诗词是人间的明星。

留法同学徐采栋是我中学同班，他在法国得博士学位回国后，发表了许多炼钢的论著。20世纪50年代我国提出钢铁生产要赶美超英，现在跃居世界第一，有他的功劳在。他是中科院院士，曾任贵州省副省长，现在是九三学社中央第一副主席。我给他写了一联：

> 亿吨钢铁百年梦，超美追日乘东风。

还有一个中学同学张燮，中学数学竞赛就是全省第一；入联大后，又是工学院的状元。考微分方程时，很多人不及格，他却只用半小时就交头卷，且得满分，真是聪颖超群。毕业后他和理学院杨振宁一同考取公费留美，回国后在云南大学任教。1957年杨振宁得诺贝尔物理奖时，张燮却不知为什么被打成了"右派"，使他超群的才智得不到发挥，真是国家的损失。他的夫人黄庆龄也是天祥校友，我给他的题词是：

南昌春，昆明秋，回首往事已白头。

联大一年级时同住北院宿舍 22 室的邓汉英、周基堃（都是南开大学教授）、张迪懋（中山大学教授）、刘伟（云南交通厅总工程师）曾同游滇池西山，我给他们写了两句：

何当共剪北院烛，却话西山夜雨时？

但现在大家都是八十上下的人，恐怕只好：

而今听雨僧庐下，鬓已星星也。

以上提到的都是我的同代人。至于新一代，我给洛阳外国语学院一个年轻教师用英文写了一句：

I know of no way of judging of the future but by he past.

意思是说：只有创造的乐趣才值得人去追求。在翻译上，我和许钧有三大分歧：第一，在认识论方面，他认为翻译是科学，我认为是艺术。第二，在方法论方面，他强调"再现原作风格"，我强调"发挥译语优势"；第三，在目的论方面，他认为翻译的目的是交流文化，我却认为交流的目的是双方得到提高。

《追忆逝水年华》在《清华校友丛书》、《联大校友会刊》，中国台北《中国时报》等报刊选载之后，杨振宁1997年3月6日从美国来信说："渊冲兄：多年不见，近来偶然看到你写的《追忆似水年华》中的两段，和你《回忆录》稿之一段，很希望看到全文，今年6月初我会来清华大学访问数日，如果那时你在北京，望能见面。"得信之后，我立刻将书寄去，并且写了两句：

三十年代老同学，二十世纪超前人。

"超前人"是说他的成就超越了前人，又可以说他的"场论"是超前于时代的。还用英文写了两句：

科学是多中见一，艺术是一中见多。

"多"指现象，"一"指本质或规律。这就是说，科学从千变万化的现象中总结出简单明了的规律来，而艺术却用千变万化的现象来解释简单明了的本质。所以有人说：哲学是历史的综合，历史是哲学的分解。振宁得书后回信说："收到你的《追忆逝水年华》与 3 月 16 日的信，又看到你近年来的书目，惊喜你成绩累累……内子杜致礼和我将于 5 月 20 日去香港，住中文大学宿舍，将于 5 月 28 日到北京，住清华大学，会给你打电话。见面当能畅谈。振宁 1997 年 4 月 2 日。"见面后的情况，《久别重逢》中已经谈到。振宁在北京大学作了《美与物理学》的报告，我说他沟通了科学和艺术。他对现代派艺术的欣赏力，远远在我之上。《追忆逝水年华》英文本出版后，我又给他和致礼寄去两本，并用英文写下了德国哲学家叔本华的一句话：

Art is greater than science; science can get along with talents, but art requires genius.

（艺术高于科学；人才可以取得科学成就，艺术却要天才。）

我也寄了一本《追忆逝水年华》给吴宓先生的女儿学昭，得到她 1996 年 12 月 7 日的回信说："谢谢您的《追忆逝水年华》，这本书我很喜欢；我已经读了两遍……您的记忆力真是惊人，几十年前的事，娓娓道来，似乎昨天发生；您的文笔也实在生动，一位位早已进入另一世界的故人，在您的笔下个个栩栩如生，呼之欲出，您少年时代的浪漫故事，充满了诗情画意。难怪武大郎不欢迎您? 难怪武大郎于您无可奈何! 真希望您在翻译之余，多写点这类文字，以飨读者，传之后人。我看过好几本关于联大的书，没有像《追忆逝水年华》这么深入浅出，亲切生动的；大都干巴巴，没劲！"学昭这封信给了我鼓舞，所以我又来写《逝水余波》了。

《追忆逝水年华》中的女同学林同端和美国国家工程学院院士李耀滋结了婚。我寄书给她的时候，用英文写了一句我们当年同唱的一支施特劳斯的华尔兹舞曲：

Do you remember one day when we were young?

（你还记得我们年轻的时候吗？）

得到我寄去的书，耀滋先生 1997 年 3 月 14 日来信说："同端这几个月记性减退，写字发抖，因此嘱我代笔，多年的老同学，承你垂念……凑巧本月大波士顿区中华文化协会通讯上登了一篇有关我们的生活的短文，其中也有昆明岁月一段，提到阳宗海，为此同端让我剪下寄给你作纪念。你们那次去阳宗海夏令营，我从各方面都听说过。先是我的父母盛夸同端……说来说去，只有你写的最诗意，究竟是诗人嘛。"

我们那次在阳宗海夏令营，有个男同学和同端打赌，在桌上摆了四张扑克牌，说他在门外，随便同端动哪一张，他都可以猜到。同端不信，等他出去后，她摸了一下第一张牌，于是有人叫门外的同学："来呀。"男同学一回来就说是第一张，又出去了。同端摸第二张，那人又叫："来看呀。"男同学又猜对了。同端摸第三张，那人叫道："来猜呀。"结果猜得不错。最后摸第四张，那人再叫："快来呀。"四次都猜对了，于是同端认输，在晚会上罚她唱一支歌。她不知道，两个男同学是合伙戏弄她的，"来""看""猜""快"是一二三四的暗号。在晚会上，她找了两个最要好的女同学合唱：一个是李宗蕖，另一个是何申。

李宗蕖原来是外文系的学生，后来转心理系。《吴宓日记》1942年5月6日中有记载："李宗蕖心理系四年级女生，似缃（指周珏良夫人方缃），可爱。"宗蕖有自己的见解，和老师的不同，老师给她59.5分，她宁可不拿毕业文凭，也不改变自己的观点。她和我南昌二中的老同学程应镠结婚后，两人感情很好，我们打桥牌时，应镠打错了牌怪她，她也从不争辩，和联大时完全不同，他们两人在文化大革命中受到批斗，我寄书给她的时候，应镠已经被迫害致死，所以我在书中结合往事写道：

宗蕖记否：阳宗烟雨，鹅塘月色，柳丝难钓万点愁！

她回信说："读到大作，一是佩服你的记忆力、洞察力，一是为那份真情所感动，仿佛那时的生活又回到眼前。小儿子念祺读了说：'为什么我就没有能在这样的学校、这样的学术气氛中生活过？'……我也在联大学习、生活过，怎么就写不出这样的文章呢？"

宗蕖夫妇和我同在昆明天祥中学任教，现在上海师范大学；《追忆逝水年华》中的如萍原来是天祥中学学生，现在听说也在上海。我就请宗蕖代为打听，并且寄了一本书去请她转交，书中写了一句苏东坡的诗："事如春梦了无痕。"宗蕖寄来回信告我："她（如萍）电话说：我不必去她家，也不给你回音了。因为她'要平静'，说我一定能理解这心情和情况。我'唔'了一声，其实并不理解。我说旧日的情谊，现在都进入老年了，作为友谊，这是很可贵的。她说不，书也不必寄去，什么时候'或许'会来我处取，但说不一定，于是相互道声'再见'，挂断了电话。唉，我可怜的古老的中国啊！'要平静'她说了三遍。我的小女儿说：许叔叔听了一定很高兴，我不这么想。在两个家庭间建立起友谊该多好！那才令人高兴呢！"五十多年前的往事还会打破她的平静！是内心的平静，还是家庭的平静呢？

曾在天祥中学任教的谢光道最欣赏如萍和小芬，说她们是女学生中的飞燕和玉环，我们谈到：如果有情人都成了眷属，能把天祥中学发展成为清华那样的大学，那就可以终老于斯乡了。后来他任空军气象研究所所长，我在赠给他的书上写道：

当年清华天祥梦，今日改天换地声。

因为天文气象系改成地球物理系了。天祥的有情人成了眷属的有彭国焘和丽莎，我改动了情圣李后主的词句赠给他们：

　　　春花秋月无时了，往事知多少！

彭兄曾任天祥校友会会长，他的接班人是七级校友，云南大学中国文学系教授杨玉宾，我给她写了两句：

　　　曾饮昆明水，难忘天祥情。

八级校友陈若兰曾得天祥中学全校总分第一奖，我赠给她的话是：

　　　滇水流不尽，总是故园情。

　　我给洛阳外国语学院的年轻教授们也留下了 Eliot（艾略特）的英文题词：

　　The progress of an artist is a continual self-sacrifice to what is more valuable.
　　（艺术家的前进历程就是为了更高的价值而不断做出的自我牺牲。）

对北京大学的年轻教授，我的题词是另外两句英文：

Art never improves, but the material of art is never quite the same. (T. S. Eliot)

（艺术永远不会改进，但是艺术的素材不会永远一样。）
（艾略特）

No man is equal to his books into which go the best products of his mental activity and where they are separated from the mass of inferior products with which they are mingled in his daily life.(Will Durant)

（没有人比得上他自己的书，人的精华都在书中，日常生活却掺入了大量的糟粕。）（杜朗特）

这就是我的逝水年华流不尽的余波。

哈佛大学留学生

Enter to grow in wisdom, and depart to serve better thy country and thy kind.

——*Motto of Harvard University*

入校为了增长智慧，离校为了服务于祖国和同胞。

——哈佛大学箴言

胡适提出文学革命，1916 年 3 月间写信给在哈佛大学研究西洋文学的梅光迪（1890—1945），得到他的回信说："文学革命自当从民间文学入手，此无待言。"7 月 2 日他们又谈了半天，胡适在日记中写道："吾以为文学在今日不当为少数文人之私产，而当以能普及最大多数之国人为一大能事。吾又以为文学不当与人事全无关系；凡世界有永久价值之文学，皆尝有大影响于世道人心者也。觐庄（梅光迪字）大攻此说，以为功利主义，又以为偷得托尔斯泰之绪余；以为此等 19 世纪之旧说，久为今人所弃置。"胡适认为梅光迪生了气，就写了一首一千多字的白话诗和他开玩笑，现在摘抄如下：

> "人闲天又凉"，老梅上战场。
>
> 拍桌骂胡适，说话太荒唐！……
>
> 文字哪有死活！话俗不可当！……
>
> 老梅牢骚发了，老胡呵呵大笑……
>
> 文字没有今古，却有死活可道……
>
> 古人叫做"至"，今人叫做"到"……
>
> 古名虽未必不佳，今名又何尝不妙？……
>
> 正要求今日的文学大家，
>
> 把那些活泼泼的白话，
>
> 拿来作文演说，作曲作歌：
>
> 出几个白话的嚣俄（今译雨果），
>
> 和几个白话的东坡，
>
> 那不是"活文学"是什么？

任叔永在回信中说："如凡白话皆可为诗，则吾国之京调高腔，何一非诗？"胡适答道："今之高腔京调皆不文不学之戏子为之，宜其不能佳矣。此则高腔京调之不幸也……足下亦知今日受人崇拜之莎士比亚，即当时唱京调高腔者乎？"胡适说得很对，今天的京剧因为不是文人学者所写，所以问题不少，如《空城计》中诸葛亮的唱词：

我本是　卧龙岗　散淡的人

评阴阳　如反掌　保定乾坤

东西战　南北讨　博古通今

第二三行文理不通，"保定乾坤"虽然和"阴阳"有关，但应该是"东西战，南北讨"的结果，应该和"博古通今"对调才对，后来有的作家开始为京剧歌曲写台词，如老舍、汪曾祺等，京调高腔也在走上文学的道路了。

梅光迪在哈佛大学师从新人文主义运动领袖白璧德教授（1865—1933），并且介绍吴宓来见他。《吴宓日记》1918年9月24日记下了他见各位教授选课的概况：他选修了白璧德教授（*Prof. Babbitt*）的卢梭及其影响，珀理教授（*Perry*）的抒情诗，梅纳杰博士（*Dr. Maynadier*）的英国小说《从理查逊到司各特》，罗斯教授（*Lowes*）的"英国浪漫诗人研究"，郝金博士（*Dr. Hawkins*）的"法国散文与诗歌"等课。他和胡适不同，主要是读比较文学。

关于吴宓在哈佛大学上课的情况，《吴宓自编年谱》中有记载。白璧德教授1918年上学期讲"卢梭及其影响"，下学期讲"近世文学批评"，两门课上完后，要交一篇论文，吴宓的论文题是《卢梭对雪莱的影响》，说雪莱的生活和思想受卢梭的影响很大，得到白教授的好评。1919年上学期白教授开"十九世纪浪漫主义运动"，下学期开"法国文学批评"，吴宓写的论文题是《卢梭与罗伯士比尔》，成绩列入 A 等。此外，吴宓还读完了白教授的全部著作，觉得这两年学问大有进益。他用西方的观点来重新发现中国传统文化的价值，并且把中西的古典文化结合起来，反对现代实用主义的文化（如胡适）。后来，他对白教授的观点有所突破，主张把古典和现代加以沟通，也就是用西方现代的科学思想方法来重新解释中国古典文化。结果，他成了中国比较文学的奠基人。

吴宓选修英国小说时，讲师梅博士拿出一张书单来，上面开了 70 部英美的小说，问吴宓读过几部？并说美国学生一年要读 70 部小说也很难，所以必须已经读过二分之一，至少三分之一，才准选课。吴宓只读过六七部，即使加上林纾的译本也不过 10 部，但他却说在留美预备学校读了 40 本，这样才得到梅博士的批准。后来他上课并不觉得困难，因为有些英国小说不必全读，只要翻阅，或者在《英国小说史》中查到故事大概，记住两三个主要人物的名字，就可以应付两次学期考试了。至于读书报告，吴宓写了一篇《菲尔丁的小说理论在〈汤姆·琼斯〉中的运用》，得到了 A 等。后来，他就开始《红楼梦》和菲尔丁的比较研究了。

罗斯教授的"英国浪漫诗人研究"是一门研究课程，只有五个学生，每人研究一个诗人，要到图书馆去阅读诗文全集、传记评论、各家注释，然后写出论文报告。教授只讲背景材料，诗句根源，不讲如何欣赏，吴宓觉得枯燥无味。他写的两篇报告是《雪莱关于诗之艺术之见解》和《雪莱诗中灵感之来源》，都只得到 B 等。

珀理教授著有《小说研究》和《诗之研究》两书，曾任文学杂志《大西洋月刊》的总编辑，极负盛名。他 1918 年上半学期开抒情诗，下半学期开丁尼孙（*Tennyson*），1919 年他开"十八、十九世纪之各体小说"，讲课最受欢迎，因为他深通人情世故，对人和蔼可亲，讲课简单明了，学生容易接受。吴宓写过两篇评论丁尼孙诗的报告，成绩都是 B 等；写了一篇《菲尔丁之文学理论》，珀理教授的批语是："详尽，及用心作成。"给了 A 等；还有一篇《评乔治·艾略特之小说》，也得了 A 等；但是他的《评托尔斯泰之小说〈安娜·卡列尼娜〉（*Anna Karenina*）》，因为他不同情安娜，反而为她的丈夫抱屈，成绩只得 B+，批语说："立论聪明而有力量，但评判殊嫌过刻，后宜切戒。"

吴宓还听了诗人葛兰坚教授的法国文学史，并在《年谱》中说："哈佛大学之教授中，白璧德师以外，宓所尊敬钦佩者，实唯葛兰坚先生也。"又说："初上课即印发《全学年工作大纲》，每两周（每周上课三小时）为一段。《大纲》详列每一段中应读课本某页至某页，及文学名著某篇与某篇。每段之末，举行小考一次。最后，即以历次小考之平均分数为两学期、全学年之成绩。"读了《年谱》我才知道，吴宓先生教我们欧洲文学史就是沿用了葛兰坚先生的教学法。此外，吴宓在美国选修法文，用的课本是 *Frazer & Squair* 合编的《法文文法》；后来我在联大学法文时，用的也是同一课本，可见清华联大基本上沿用了美国大学的教材和教法。

1920 年吴宓升入哈佛大学研究生院，主要上历史课，如马克万教授的欧洲政治学说史。吴宓写的论文是：《孔子孟子之政治思想与柏拉图及亚理斯多德比较论》。马教授给了 A 等，批语说："予甚望有一日汝能完成汝在此篇所提出之研究。"因为吴宓对中国古典文学造诣很深，再用西方的观点和方法来阐明中国的传统文化，进行比较，结果就青出于蓝而胜于蓝了。吴宓还上了贝克教授的《莎士比亚时代之英国戏剧》。贝克说："必须置莎士比亚于其现实之社会环境中，并与同时代之许多戏剧作家详细比较，方能了解莎士比亚编剧工作之发展与进步，及其惊人之天才之何以高出余子之上。"贝克写了一本《戏剧家莎士比亚的发展》，我在清华研究院接受吴宓先生建议写的论文《莎士比亚和德莱顿的戏剧艺术研究》，就受到这本书的启发。

吴宓在哈佛大学的老师多是一时之选，同学也多是中国的精英。如梅光迪在哈佛研究文学批评，已经得到硕士学位。《吴宓自编年谱》中说他"造诣极深"，说他原来是胡适的同学好友，等到胡适创立"新文学"时，"梅君即公开步步反对，驳斥胡适无遗，"又说吴梅二人"屡次作竟日谈（宓首惊其藏书之丰富）。梅君慷慨流涕，极言我中国文化之可宝贵，历代圣贤儒者思想之高深，中国旧礼俗旧制度之优点，今彼胡适等所言所行之可痛恨……宓十分感动，即表示：宓当勉力追随，愿效驰驱，如诸葛亮之对刘先主'鞠躬尽瘁，死而后已'，云云。此后一年中，宓多与梅君倾谈，敬佩至深。"可见两个人的交情。

1919年暑假梅光迪回国，先任天津南开大学英文系教授兼主任，后为南京东南大学英语系教授。1921年5月来信聘吴宓为东南大学英语兼英国文学教授，月薪160元；并与中华书局约好，编辑出版《学衡》月刊，请吴宓担任总编辑。《年谱》中说："现任英语系主任张士一（1917年与宓同船来美，留学一二年后回国）嫉妒我辈，不欲迪汲引同志来，故诡称'英语系之预算，现只余每月160元，恐此区区之数，吴君（指宓）必不肯来。'迪答：'姑且一试。'"不料吴宓居然放弃了北京师范大学300元的月薪，而来南京，可见吴梅二人友情之深。吴宓到南京时，"梅光迪君仍留沪游乐，彼在沪已将本学期为宓所排定之教学课程告宓知，并以课本及参考书授宓"。这就有点令吴宓失望了。

1922年吴宓在东南大学除了尽心授课以外，集中全力编撰《学衡》杂志。第三期发表了胡先骕翻译的《白璧德中西人文教育谈》，还有胡的表兄弟汪国垣（我在南昌第二中学的国文老师汪国镇的哥哥）等江西诗派的诗稿。梅光迪每期都登一篇文章，但自第十三期起就不再投稿了，并说："《学衡》杂志竟成为吴宓个人之事业，内容愈来愈坏，我与此杂志早无关系矣！"于是《吴宓自编年谱》中说："梅光迪君好为高论，而无工作能力。彼置父母妻子于原籍不顾，而尽花费其薪入于衣服（极华丽），酒食（平日美餐，偕客豪宴），游乐（打麻将牌，冶游，狎妓），盖一极端个人主义与享乐主义者耳。"这样，两个哈佛时代的好朋友就分道扬镳了。

1923年秋，梅光迪写信给白璧德先生，请白教授推荐他为哈佛大学汉文教员。那时他和女学生李今英搞婚外恋，闹得满校风雨。《吴宓自编年谱》中说："1924年夏梅君赴美国之前，已与李今英约定：'待我三年不来而后嫁。'答以'请待子。'于是李今英在广东某校，做英文教员三年。梅君1927暑假回国，与李今英结婚，相偕双双赴美国去。1939再回国，梅君任国立浙江大学文学院院长兼外文系主任，李今英为外文系讲师。1944年9月，宓游经遵义浙江大学，住半月。宿郭斌和君（国文系主任，兼训导长）家，而每日在梅君家用午晚餐。不意1945秋，梅君竟病殁于贵阳医院中焉！"对比一下吴、梅、胡适三人，胡适提倡新道德却维持旧式婚姻，吴、梅赞成旧道德却一个离婚，一个搞婚外恋。上一代人理论和实践的矛盾到我这一代才得到解决，再到下一代旧道德就崩溃了。

《年谱》169页上说："宓所见之大多数美国学生皆愚而惰。"175页上又说："波士顿城中有中国留学生百余人，皆相识。居此无异在中国。哈佛大学等规模宏大，学生众多，在其中无异游览百货商店。其课堂中，学生数百人挤坐，上课无异听广播演说，师生之间毫无接触……至如白璧德先生之在哈佛（而不在他校）讲学实偶然之事。其立说宏大精微，本为全世界，而不为一时一地。吾侪最重要之工作，乃在多读细读先生所著之书。至于每日走上课堂，亲聆先生讲授，为学得先生之精神与人格，一学期亦已足矣。故宓在哈佛大学三载，未免失之过久。"这话说明了师生关系主要是"师傅带进门，修行在个人"。读书主要是靠自学。

自学如得良师益友，进步自然更快。吴宓在哈佛的同学中，俞大维和汤用彤就曾为他讲授欧洲哲学大纲，讲得简明扼要，使他得益匪浅。《年谱》187 页上说："俞大维君毕业圣约翰大学，短小精干，治学极聪明。其来美国为专习哲学。然到哈佛研究生院不满两月，已尽通当时哲学最新颖而为时趋之部门曰数理逻辑学。Lewis 教授亟称许之。然于哲学其他部门亦精熟，考试成绩均优。故不久即得哈佛大学博士。"可惜俞大维后来成了国民党政府的"国防部长"。

《吴宓自编年谱》中说："俞大维君又多称道其姑表兄义宁陈寅恪君之博学与通识。"陈寅恪 1890 年生于江西义宁（今改为修水县），11 岁时留学日本，20 岁前和梅光迪在上海复旦同学，曾写过诗赠梅光迪，前后两联如下：

乱眼繁枝照梦痕，寻芳西出忆都门。
绝代吴姝愁更好，天涯心赏几人存？

可以看出他们的交游生活，陈寅恪曾两度游学欧洲，先在巴黎，后在柏林。中间1915年在北京时担任过蔡锷的秘书。1919年他从欧洲来到美国，读了吴宓的《红楼梦新谈》后，写了一首诗赠吴宓：

> 等是阎浮梦里身，梦中谈梦倍酸辛。
>
> 青天碧海能留命，赤县黄车更有人。
>
> 世外文章归自媚，灯前啼笑已成尘。
>
> 春宵絮语知何意，付与劳生一怆神。

吴宓对他"深为佩仰"，因为"寅恪不但学问渊博，且深悉中西政治社会之内幕，例如，于巴黎妓女及秘密卖淫之生活实况，又欧美男女迟婚不得嫁之痛苦及流弊，述说至为详切。其历年在中国文学、史学及诗之一道，所启迪指教宓者，更多不胜记也。"又说："陈寅恪君之豪华，第一表现于购书……主张大购、多购、全购……第二表现于宴会。陈君到（美国）后，既受许多友好之请宴，乃于五月底六月初，一次汇总还席，于是发出请柬，合宴我等于东方楼，酒宴丰盛，所费不赀。"由于陈先生深悉中西社会的内幕，了解青楼女子的生活，所以他后来在《柳如是传》中把这位江南名妓写成一个精通文史词曲，才华名节俱高，具有独立精神和自由思想的奇女子，使降清的名流无地自容。任继愈在《陈寅恪先生史学述略稿》序中说："陈寅恪之史论，近代中国之政论也。"所以他赞扬柳如是，就是赞扬中国知识分子的独立精神和自由思想。

据《文汇读书周报》721 号说：1940 年 3 月蒋介石宴请中央研究院院士，陈寅恪不买账，写诗说："看花愁尽最高楼。"蒋介石要选朱家骅做院士，陈寅恪说："选院士不是给蒋先生选秘书！"可见他的独立精神。《吴宓与陈寅恪》167 页上说："陈对女性的看法不仅突破了中国传统的纲常名教，而且也超越了西方古典文化的圈子。"但是我在清华研究院的级友何兆武在他的《学术文化随笔》291 页上说：从陈先生"所引征的材料往往得不出他那些重要的理论观点来……即是说历史研究事实上并非是'论从史出'，而是'史从论出'。"他对陈先生的看法可以说是长江后浪推前浪了。

《吴宓与陈寅恪》156 页上对比吴陈二人说："以坦率真诚，渴望行动而言，吴宓自认为自己是一位堂吉诃德式的悲剧人物；而以深思忧虑而论，陈寅恪又是接近哈姆雷特的。"两个哈佛大学时代的好友相反相成，所以吴宓觉得得益匪浅。他们二人在1919 年 12 月 14 日有一次长谈，《吴宓日记》中记下了陈寅恪谈话的主要内容："中国之哲学美术远不如希腊，不特科学为逊泰西也。但中国古人素擅长政治及实践伦理学，与罗马人最相似。其言道德唯重实用，不究虚理，其长处短处均在此。长处，即修齐治平（修身，齐家，治国，平天下）之旨。短处，即实事之利害得失，观察过明，而乏精深远大之思。"吴宓在按语中说："宓意以诗论诗，中国诗并不弱，然不脱实用之轨辙也。"由此可见，他们哲学观点相同，但是艺术观点却有异。《何兆武学术文化随笔》438页上说：吴先生"画了一张七级浮屠式的图，把对权力的追逐放在最下层，以上各层依次是对物质的追求，对荣誉的追求，对真理的追求，对艺术创造的追求"。他们两人都认为中国艺术重视实用，这是他们的共同点，但陈先生追求真理，吴先生追求艺术创造，这是他们同中之异。

《吴宓日记》1919年12月29日谈到哈佛大学的中国留学生时说："留美同人，大都志趣卑近（没有远大志向，趣味低级），但求功名与温饱，而其治学，亦漫无宗旨……乃高明出群之士，如陈君寅恪之梵文，汤君锡予（汤用彤字）之佛学，张君鑫海之西洋文学，俞君大维之名学（逻辑学），洪君深之戏，则皆各有所专注。"可见陈、汤、张、俞、洪等人在吴宓看来是出类拔萃的留学生。

关于汤用彤，他在哈佛大学曾和吴宓同住一室，1919年10月7日曾同吴宓、洪深去波士顿醉香楼午餐，同去戏院看莎士比亚的名剧《哈姆雷特》。12月19日的《吴宓日记》中说："锡予言：'宓在清华时，颇有造成学者之志趣，之气度。及民国五六年间（1916—1917），在校任职一年，而全失其故我。由是关心俗务，甚欲娴熟交际，趋重末节，读书少而心志分，殊可惋惜'云云。按宓近今之见解，以为人生应有之普通知识，及日用礼节规矩，例应通晓，且习之亦不必即害正业，故亟欲一洗前此偏僻朴陋之病，非有从俗学交际之心，且生来本无此才也。"20年后，1938年10月5日的《吴宓日记》中说："汤用彤君对友，于私情上甚为关切。然其世故最深，故亦最得人心（被举为教授会主席，现任哲学系主席，兼研究室主任，继胡适也）。其治事处世，纯依庄老（纯粹依据老子和庄子），清静无为，以不使人不悦为原则，而是非利害不问焉。其御众（对待群众），不为褒贬赏罚，而绝对模糊，绝对平等，不使人知其有亲疏厚薄之差，善愚贤恶之别焉。"由此可见吴宓对人观察深刻，对事好恶分明，喜怒形之于色。汤用彤则与世无争，善得人心，开过中印西三大哲学传统的课程，成了北京大学的副校长。

关于张鑫海，《吴宓日记》1919年9月18日说："上午，张君鑫海来，宓等导示一切，并为觅定寓所。"他是清华大学1918年毕业生，入哈佛研究生院后，从白璧德研究文学，得文学博士学位。论文题是《亚诺德（*Matthew Arnold*）的古典主义》。回国后任清华北大教授，外交部欧美司司长，驻外公使等职。

关于洪深，《吴宓日记》中说：他常同吴宓谈戏，看戏，如1919年12月18日邀吴宓同看他协助纽约剧团演出的《黄马褂》，内容取自《赵氏孤儿》和《狸猫换太子》：西宫陷害正宫，满门抄斩，乳母藏起太子，西宫搜寻孤儿，乳母牺牲了自己的儿子，才保住太子的性命。后来太子长大，凭黄马褂登上王位，为母亲报了仇。剧中穿插了一些西方恋爱和杀人的情节，如太子爱上了一个美人，在月下拥抱亲吻；舞台上杀了人还当场玩弄首级等等。由此可以看出中美文化的异同：美国重性，重刚，重外；中国重情，重柔，重内。《日记》中评论说："论其服饰之美，描摹之工肖，自堪称许。唯美人演中国事，自不免嘲笑之意。如剧中之皇帝及宰相，而拖长辫……然其中扮女郎者数人，其二人皆富商新娶之少妇，美艳绝伦，穿中国衣，益增妩媚。此则中国所难得见者也。"又如《日记》12月28日谈到洪深编的剧本《为之有室》时说："洪君专研戏剧之学，确有深造，此剧尤属完善。窃观此间同人所学，多不免浮泛敷衍之病，求其能如洪君学戏之殚心竭力，聚精会神者，不可多得也。"1937年我在南昌二中时参加演出过洪深的爱国剧本《回春之曲》。

《吴宓日记》1919年9月19日谈到了林语堂。"林君语堂偕其夫人自中国来，亦专习文学。昨晚抵此……林君人极聪敏，唯沉溺于白话文学一流，未能为同志也。"我在中学时代就读了林语堂的《我的话》，他主张"文中有我"，这影响了我的一生。《日记》12月30日又谈到冯友兰说："冯芝生现甫到美，则自谓初亦反对新文学，今则赞成而竭力鼓吹之。"可见哈佛的留学生意见是分歧的。

在分歧中，吴宓开始了他比较文学的研究，如1919年8月31日的日记说："狄更斯之书似《水浒传》，多叙娼优仆隶，凶汉棍徒，往往纵情尚气，刻画过度，至于失真，而俗人则崇拜之。而萨克雷则酷似《红楼梦》，多叙王公贵人，名媛才子。而社会中各种事物情景，亦无不遍及，处处合窍。又常用含蓄，褒贬寓于言外，深微婉挚，沉着高华，故上智之人独推尊之。"

从哈佛大学中国留学生的新旧斗争，可以看出 20 世纪的中国文化是如何更新，如何发展的。

一代人的爱情

假如你记不得你为了爱情而做出来的一件最琐碎的傻事，你就不算真的恋爱过。假如你不曾像我现在这样坐着絮絮讲你的姑娘的好处，使听的人不耐烦，你就不算真的恋爱过。

——莎士比亚《皆大欢喜》二幕四场

什么是爱情？当你见到了你所爱的人，你会做出莫名其妙的傻事；当你见不到她，又会对人或对自己絮絮叨叨讲她；这就是爱情。当你在她身边，就会觉得舒服，对她温存体贴，既不感到疲倦，也不觉得无聊，而这就是幸福。你一见她的面，就会心情激动，头脑开窍，做事都想着她，说话是为了她，设法讨她欢喜，让她明白你喜欢她。你一张嘴，温柔的话就会脱口而出；你看一眼，就会流露出爱抚的目光。对你说来，她装饰了世界，使生活有魅力。你喜欢坐在她的脚下，不为别的，只为了坐在那里就是乐趣。只是有了她，为了她，你才觉得生活幸福。

上面的话是莎士比亚和莫泊桑谈到英国人和法国人的爱情时说的。到了 20 世纪的中国，爱情是怎样的呢？浦江清在《清华园日记》中记下了他们一代人的爱情故事。1930 年 12 月 26 日的日记中说：

> 我的第 27 个生日……预先约好，请（蔡）贞芳、（陈）仰贤来吃晚饭，并且请（叶）公超、（朱）佩弦作陪。公超前天告诉我，说请女朋友吃饭，照例应该雇车去接的……公超对密斯袁（永熹）说了，明天浦（江清）会来接她们二位的。蔡（贞芳）一定笑我向她们的老师（叶公超）那里学到了乖……在西客厅坐了些时，佩弦、公超先后来了。六点半，到前工字厅吃饭，厨房里预备的菜还可以。佩弦和公超喝了些酒。我们回到西客厅闲谈，公超讲话最多，其次是仰贤。公超大骂燕京大学，拿那里的几个教授开玩笑。仰贤批评吴（宓）先生的离婚，说吴先生是最好的教授，但是没有资格做父亲，亦没有资格做丈夫。这使我们都寒心，因为在座诸人都知道，吴在英国，用电报和快信与在美国的毛彦文女士来往交涉，他们的感情已决裂了。吴现在唯一的希望在得到仰贤的爱。而仰贤的态度如此，恐怕将来要闹成悲剧……十点半，我送她们回燕京。

日记中谈到了四位教授的恋爱问题：最简单的是朱自清（佩弦），最复杂的是吴宓，最曲折的是叶公超，最平淡的是浦江清。关于朱自清，《清华园日记》12月27日中说："晚饭后，访佩弦于南院18号。佩弦刚和陈竹隐女士从西山回来……陈女士为艺术专门学校中国画科毕业生，四川人，习昆剧，会二十余出。佩弦认识她乃溥西园先生介绍，第一次（今年秋）溥西园先生在西单大陆春请客，我亦被邀。后来本校教职员公会娱乐会，她被请来唱昆曲。两次的印象都很好，佩弦和她交情日深。不过她对佩弦追求太热，这是我们不以为然的。"

吴宓曾和陈心一女士结婚，生了三个女儿，但他自己说："予于婚前婚后，乃均不能爱之。"于是和陈女士离婚，追求和他的好友朱君毅离了婚的毛彦文女士，写了《吴宓先生之烦恼》如下：

> 吴宓苦爱毛彦文，三洲人士共惊闻。
>
> 离婚不畏圣贤讥，金钱名誉何足云。
>
> 作诗三度曾南游，绕地一转到欧洲。
>
> 终古相思不相见，钓得金鳌又脱钩。
>
> 赔了夫人又折兵，归来悲愤欲戕生。
>
> 美人依旧笑洋洋，新装艳服金陵城。

毛彦文后来和比她大30多岁的熊希龄结了婚，吴宓又追求陈仰贤。陈仰贤爱的是叶公超，叶公超爱的却是袁永熹，于是就出现了错综复杂的多角恋爱关系。

关于大学女生的恋爱问题，当时北京流传着几句顺口溜："北大老，师大穷，清华燕京可通融。"袁永熹、陈仰贤、蔡贞芳都是燕京大学的女生，袁永熹后来成了叶公超夫人。关于她，《吴宓日记》1940年10月19日有评论："叶（公超）宅晚饭。近一年来，与（袁永）熹恒接近，深佩熹为一 *superior woman: intelligent, rational, firm, calm, capable, courageous, full of self-control & self-confident*（出众超俗之女子：聪慧，理智，坚定，沉静，干练，勇敢，充满自控能力及自信）。诸友亦共誉为近代开明式之贤妻良母。且毫无寻常妇女闲话他人是非，计较锱铢，矫揉作态等习。宓实自愧不如熹之明达镇静，不矜不惧也。然熹亦不免我执，宓因之念（陈仰）贤不置。设想（叶公）超昔年竟娶贤，则宓在超家其情况又自不同……又觉熹之性行颇似彦（毛彦文）。使宓以昔待彦者对熹，必立即径庭。而若以年来在熹处所学得之忍耐、安静、勤慎、明达及态度、仪容等对彦，亦不致失彦也。"可见吴宓不但爱陈仰贤，而且也喜欢袁永熹。我曾在叶公超先生家见过叶夫人，知道她是我同班同学袁永熙（后来成了清华大学党委书记）的姐姐，那时已有一女一子，她叫女儿给我们唱英文歌 *When I was one, When I was two*……（我一岁，两岁的时候，）可见她是一位贤妻良母。至于是否"出众超俗"，在学生眼里和老师眼里看来可能不同。

　　我见到叶夫人是在昆明，和在北京见到她的赵萝蕤比起来，就大不一样。赵萝蕤在《怀念叶公超老师》一文中说："后来他（叶公超）结婚了，夫人是我在燕京时的一个比我班次高的同学。我有时到前铁匠营他们的寓所去串门。他们的生活令人羡慕：一所开间宽阔的平房，那摆设证明两位主人是深具中西两种文化素养的。书，还是书是显著的装饰品，浅浅的牛奶调在咖啡里的颜色，几个朴素舒适的沙发、桌椅、台灯、窗帘，令人觉得无比和谐；吃起饭来，不多不少，两个三个菜，一碗汤，精致，可又不像有些地道的苏州人那样考究，而是色味齐备，却又普普通通，说明两位主人追求的不是享受而是文化，当然文化也是一种享受。"这个家可以说是超凡脱俗的。但是到了昆明，他们住的是一个墓园的门房，只能说比起学生的茅屋来，也是"出众超俗"了。

　　雪上加霜的是，叶公超奉叔父叶恭绰之命去日本人占领下的上海，和堂妹 Julia 一同被捕入狱，在狱中发生了婚外恋。《吴宓日记》1941 年 7 月 20 日中说："任（张奚若夫人景任）密告宓以遐庵（叶恭绰）之女 Julia 与汪一彪之离婚，实因（叶公）超去年与 Julia 同在缧绁患难之中，遂相恋爱之故（闻 Julia 实非遐公亲生之女。仅名义上为超之从妹而已）。现（袁永）熹已对超要求离婚。但以礼教所拘，超亦决不能有离婚与 *Julia* 结合之举动，或终安于现状而已。宓闻之甚惊叹，其事在超固出于自然，而（袁永）熹亦可怜矣。"

吴宓为什么说婚外恋在叶公超"固出于自然"呢？可见他对叶公超是有看法的。《吴宓日记》1939 年 7 月 15 日中说："宓平日对（叶公）超极厚。至于请宴，更不知若干次。超每于群众中，把臂附耳，外示与宓亲厚，宓完全在其掌握，而实则对宓既亵侮，又不利。如课程则强宓从彼，不许授文学与人生。又命宓与叶桎、杨西昆同为超治家具。于其迎妻子归抵昆明之日，烹茶热水以俟，俾一到可以喂小孩乳……宓如李纨，超如王熙凤。宓如陈宫，超如曹操。昔 1928 黄华曾戒宓勿全信托此人。而陈仰贤初虽爱之，终亦必窥其真相矣。今后只有疏远而慎防之可耳！……读《醒世因缘》，殊不喜之。而此与《金瓶梅》，皆超爱读之书也。亦可觇吾二人之差异矣。"关于爱情，《吴宓日记》1941 年 9 月 7 日中说："宓演说爱之定义：（一）不比较；（二）集中或专一；（三）持久不变；（四）无我。"（这倒和我说的 :*To live is to love. When I become o, it is love.* 有相似之处，因为 *live* 中的 *I* 变成 *love* 中的 *o*，那就是"无我"了）。而 9 月 10 日中有叶公超给吴宓的信说："弟意爱情之事，若非双方者，只可以宗教态度了之。所谓宗教态度者，即一方面之崇拜与牺牲而已。爱慕而不求有之，兄能得此境乎？"牺牲与无我还是有相通之处的。

对袁永熹和陈仰贤，叶公超可以说是双胜，吴宓则是双败。他们之间的关系错综复杂，而浦江清对蔡贞芳的关系则显得简单而平淡。浦江清《清华园日记》1930年12月29日说："下午雇车到燕京访贞芳……态度甚冷，二人相对，都勉强找话谈。"31日则说："（俞）平伯、佩弦借西客厅请客……贞芳已有回信，允来清华听曲……是晚节目有国乐、国技、昆曲……袁二小姐（永熹）及袁三小姐之《琴挑》……陈竹隐女士之春香，玲珑活泼，皆不可多得。"1931年1月13日说："贞芳有复信来。去信有四页，而复信仅页余。她不善写信，无发挥。"17日则说："贞芳实在太不会周旋，老是要我找话说，很窘。不过坐得很近，细细欣赏她的美。'她有中国美人的轮廓''有旧家闺秀的风度'……闲时想想，她并不见得美，但是每次看到，便愈觉得她的美。近6点钟，仰贤来了。她一来便有话讲……仰贤说她的绰号是'竹子'，贞芳叫'淑女'，又加上了一句'窈窕淑女的淑女'……她们俩留我吃饭，预备吃饭后看燕京的化装溜冰……化装没有什么好看，不过夜景甚美。"19日又说："往图书馆，替贞芳借关于普罗文学理论的书。图书馆中没有，往国文系研究室，向佩弦借了几本……夜，写给贞芳的信，其中有一节是用心写的：……'如今回忆起来，那晚上真美啊！一片冰湖，明净得如白琉璃一般。红的绿的电灯，绕湖两匝，好似灿烂的星网，也像特地为湖神挂上的五彩宝石的项链……在船上，后来在亭子里，听到最好的音乐。啊，人生！有几个晚上能这样美妙地度过？我将永远不忘掉这晚上，并且永远不忘掉伴着我度过这晚上的人。"

但是湖誓山盟只维持了一个星期。《清华园日记》26日中说："仰贤有电话来叫我去……她告诉我贞芳没有兄弟，所以家里的意思想把她许给同乡人，而且家里已看中一人，此人现在德国。这事仰贤先前并不知道，现在贞芳方始告诉她。我听了，默然了半分钟。我用英语对陈说：'请告诉密斯蔡（贞芳），我对她并无奢望，但愿保持一般的友谊，希望能继续下去。'刚在这时，蔡出来了。蔡态度异常，比平时说话多，且活泼，同时娇眼相看，微露羞涩之意。"27日又说："晚访公超，适袁女士（永熹）在，与谈一小时。袁女士说及贞芳和仰贤都文雅得很。贞芳原来就很少说话，在同学中间，以娴静出名。"2月3日还说："我爱之最热者为贞芳，自对伊失望后，此情难堪。"其实，能保持友谊也不错。《清华园日记》1929年2月22日说："余谓：'万事皆有缘，朋友相值，闲谈，闲行，皆有缘分在。'潘云：'朋友中有合有不合，不可用理由讲解，我等即出一千块钱，有谁肯陪我们闲谈到二三点钟，又犯寒出门看月耶？'"这样看来，爱情要转变为友谊也不容易了。

总而言之，20世纪30年代的爱情似乎是以缘分（如叶公超以师生的缘分，吴宓以朋友之妻的缘分）或介绍（如朱自清是昆剧小生溥西园介绍，浦江清可能是陈仰贤介绍）开始，接着就是吃饭喝酒，听剧观舞，游山玩水，读书吟诗，评人论事，最后有的成功（如叶公超和朱自清），有的失败（如吴宓和浦江清）。

当时西南联大有四个出名的单身教授：外文系的吴宓，经济系的陈岱孙，哲学系的金岳霖，生物系的李继侗。他们的恋爱故事在学校内广为流传。据说陈岱孙和周培源在美国留学时同时爱上了一个女同学，回国后这个女同学成了周培源夫人，陈岱孙就终身不结婚，但却成了周培源家的常客。陈岱孙一表人才，身材高大，西服笔挺，讲起课来头头是道，娓娓动听，要言不烦，掌握时间分秒不差，下课钟声一响，他也刚好讲完。有一次他讲完了课还没敲钟，后来一查，原来是钟敲晚了。不少联大女生恋爱，都希望能找到像陈先生这样的男同学。和陈岱孙一样，金岳霖却是爱上了梁思成的夫人林徽因，因为不愿破坏朋友的婚姻，宁可自己牺牲，这就是叶公超说的宗教精神，哲学家金岳霖和经济学家陈岱孙都在恋爱中付之实行了。他们这一代人的言行给我们下一代人产生了不少的影响。

西南联大的师生

联大历史系的同学早在1938年就出了联大的第一张壁报，名为《大学论坛》，发起人是徐高阮，写文章的有丁则良、程应镠（流金）等。他们都是"一二·九"运动的积极分子，但对当时的联大并不满意，觉得政治上似乎是死水，而他们渴望着的却是大海。丁则良写了一首七言古诗《哀联大》，诗中对学校有讥讽，也有对学海无波的忧虑。徐高阮后来去了台湾，做了"中央研究院"的研究员。1964年，他在台湾《中华》杂志3月号批评他的联大同学，开始拥蒋反共、后又反蒋独裁的殷海光，说殷海光不是"一个自由的罗素崇拜者""其实是一个最不能自由思想的人，而且正好相反，是一个最喜欢专断的，最反对自由思想的人"。

殷海光在联大时叫殷福生，和我同班上王宪钧先生的逻辑。他身材瘦小，其貌不扬，穿一件旧蓝布长衫，课前课后，常陪着王先生散步。原来他在中学时代就喜欢辩论，所以对逻辑发生兴趣。他读过罗素的《一个自由人的崇拜》，读过金岳霖的学术著作《逻辑》，并且写了一封信给金先生，还寄去一篇论述逻辑的文章，金先生推荐在《文哲》学报上发表了。殷福生又写了一篇《论自由意志》，在《东方杂志》上发表，还翻译了一本《逻辑基本》，1937年由正中书局出版。所以1938年他入联大时，已经在同学中小有名气了。他在联大还是一样喜欢争论，有一次和同学们打赌，他爬上了20米高的电线杆，另一次他在风雨之夜，一个人去校外的坟地里走了一圈。

在政治上，他却是右派学生的代表。1956年他在《我为什么反共？》的文章中回忆说："有一次，我把他（一个左派同学）约到校园草坪上坐下来说：'来，我们这回彻底谈一下，如果你真有理，不七扯八拉，说得我心悦诚服，我当共产党去。'当然，这一次的谈话，正如别次一样，又是不欢而散。更严重的是，1942年1月8日，联大一千多学生上街游行，声讨孔祥熙大发国难财的罪行，还有日本占领香港时，他用飞机运狗，却不许联大在香港的陈寅恪教授乘坐，这一下激起了联大学生的公愤，连平时不参加政治活动的女同学林同端都游行了。那时我在美国志愿空军做英文翻译，走到华山南路碰到游行队伍，他们鼓掌欢迎我参加，并且告诉我孔祥熙到云南大学讲演时，右派学生叫好，左派学生却加上一个尾巴，说是"好一个大胖子！"叫孔祥熙下不了台。但殷福生和几个右派学生却来和游行队伍辩论，说他们是"听信谣言""无端攻击政府""破坏抗战"。殷福生因为反共有功，曾经得到蒋介石的召见。不料到了台湾之后，他却反起蒋介石来。

　　关于他的转变,《殷海光全集》第11卷254页上解释说:"我反共的热情和真切是很够的。然而,据之以反共的思想,照我现在分析起来,不免有许多盲从成分,是我所受的自由教育给我的。另一种成分则是……一个党派（指国民党）的观点,一个组织的成见,或一个集体的利害。"由此可见,殷海光对自己早期的反共活动是持否定态度的。到台湾后,他和罗素、爱因斯坦等世界一流大师通信不断,关系密切,而罗素说过:"中国文明如果完全屈从于西方文明,将是人类文明史的悲哀。"（转引自《殷海光传》249页;下引同书）1955年,他应美国国务院邀请,去哈佛大学研究和讲学,见到了台湾的自由主义大师胡适。但是他说:"早期的胡适宣扬民主和科学,光芒万丈,可打80分;中期的胡适,包括任驻美大使和北大校长,表现平平,可得60分;晚期的胡适受人捧,一点硬话不敢讲,一点作为也没有,只能给40分。"于是他就接过胡适自由主义的大旗了。他的学生李敖说:"我大学时代,胡适已经老态……无复五四时代风光;殷海光则如日中天……他的蛟龙气质,自然使我佩服。"

　　联大左派学生的代表有经济系的袁永熙,他是地下党的书记,大一时担任昆中南院的伙食委员,那时我是昆中北院的伙委。我不同意上届伙委一荤三素的菜单,改成荤素搭配,而且素菜中有玉米,不料引起了很多同学的反对。我就去找袁永熙取经。他告诉我南方人把玉米当菜,北方人却当粗粮,伙委一定要南北兼顾才行。说也奇怪,后来他和蒋介石的机要秘书陈布雷的女儿结了婚，新中国成立后担任过清华大学的党委书记，1957年却被打成了"右派"。

　　在联大的左派同学当中，我认识得最早的是流金，他和我是南昌二中的同学，但比我高三班。1933年4月6日，我第一次参加——应该算是参观——全校的运动会，看见流金一马当先，得到了好几个长跑的冠军，好不神气！篮球比赛，他又是校队的中锋，举手投篮，立刻掌声四起，好不威风！当时我的梦想就是做一个运动健将。但是我的年纪太小，还不满12岁，直到三年之后，才得到了中级组跳高第三名。运动健将的梦难圆，我又改集邮票，沉醉在萨尔河畔的风景，非洲的老虎大象之中。在1935年日记的第一页，我写下了新年的三大愿望：一是学问猛进，二是家庭平安，三是邮票大增。流金的弟弟应铨和我同班，看到我的日记哈哈大笑，说他有一张美国林德伯上校飞渡大西洋的邮票，问我愿不愿意高价收买。我答应用30张邮票和他交换，成交之后，发现他的邮票背面破损。他比我大两岁，又是流金的弟弟，只好自认吃亏算了。

　　流金是"一二·九"运动的前锋队员。1938年4月，他和燕京大学的同学柯华（后为外交部的司长）等人去了延安，受到周恩来副主席的接见。9月他到昆明西南联大历史系借读。1939年由于沈从文先生的推荐，流金参加了昆明《中央日报》副刊《平明》的编辑工作，联大同学汪曾祺、袁可嘉等都曾投稿。1940年，他在报上发表了《门外谈诗》。其中有不少独到的见解。他说："一个诗人走入人间，或在其中，或在其上，而不能在其外。杜甫是在其中的，而李白在其中，亦在其上。在其中的，表现的是它全部的欢喜与悲哀。我们可以从他的作品里呼吸到他所处的时代的气息。比如杜甫的诗：'剑外忽传收蓟北'……李白既表现了他的时代，而又超越了它。'德阳新树似新丰，行人新宫若旧宫'……当玄宗入蜀之后，离乱的人并没有这种感觉，但诗人却摆脱了时代的羁绊，发出这样的声音，不过他并没有置身于事外。"

流金又说："唐以前的人，对于人生、世界、宇宙都看其全，而不看其偏：对于和人生有关的问题，都把它当作自己的问题来看的。宋以后却不然。""一个诗人对于人生和世界能看其全，他便走出了人生，走入了世界……一个人的作品，第一必须反映他的时代，第二必须具有艺术的价值。"

关于《诗经》和《楚辞》，他说："《诗经》大体上可以说是言语的艺术……《楚辞》却充满了文字的艺术……《诗经》是一个乡村的姑娘，风韵天然，如璞玉之无华。而《楚辞》却是一个打扮了的女子，人工更装点出她天然的美丽，更令人觉得婉约多姿，但又脂粉服饰，莫不恰如其分，也仿佛是与生俱来。"从中可以看出流金的综合能力和分析能力，他也像唐人一样对人生和世界能看其全了。

1944 年 8 月他在贵阳花溪清华中学与李宗蕖结婚，婚后双双来到昆明，在天祥中学任教，后来天祥迁到小坝，他做训导主任，我做教务主任，来往更多，关系也更密。他曾请闻一多先生来天祥做报告，并在他家午餐。他加入民盟也是闻先生介绍的。他在《人之子——怀念闻一多先生》一文中，谈到闻先生加入民盟后对他讲过的话："我从'人间'走入'地狱'了。以前我住在龙头村，每回走进城，上完了课又走着回去，我的太太总是带着孩子到半路上来接我。回到家，窗子上照映的已是夕阳了。我愉快地洗完了脚，便开始那简单而可口的晚餐。我的饭量总是很好的。哪一天也总过得很快活。现在这种生活也要结束了。"这就是说，加入民盟之后，他要准备斗争，走入"地狱"了。在他牺牲之后，流金写道："他走入了地狱，天堂的门却为他开放了。"

关于清华和联大的教育，闻先生也对流金说过："我是从中国的旧教育中训练出来的。我现在痛恨旧的教育和美国的教育，我觉得这种教训耽误了我的半生。但我们却不能忘记那些教育的好处，一些做人做事的原则还是值得我们遵循的。比如说，儒家的忠恕之道和美国人的负责任，切实的好处，我们就得学习。"我曾在龙云公馆中召开的联大校友会上，听到闻先生对旧教育的严厉批评，当时觉得太偏激了。读了《人之子》之后，才知道闻先生是矫枉过正之言。其实，儒家的忠恕之道，尤其是"己所不欲，勿施于人"的道理，可以说是目前国际关系中最需要的原则。如果每个国家都能做到，那就可以避免国际争端，争取世界和平。而美国人的负责求实精神，却是今日世界发展的重要因素。求恕是消极的，求实是积极的，两者结合起来，就是争取世界和平、发展全球经济的当务之急。

龙公馆举行的联大校友会，是联大离开昆明之前最盛大的一次餐会，东道主是当时云南省主席龙云的长媳，地点在盘龙河畔龙公馆的大花园中，到会的有联大历届毕业校友好几百人，会后有非常丰盛的自助餐，晚上在大客厅里举行了盛大的舞会。记得联大在昆华农校上课时，校门口常停着两辆小轿车：深色的是龙公馆的，浅色的是中国航空公司的。那时私人汽车不许开入校内，谁也没有特权，龙公馆也遵守联大的规定，并在联大离昆前宴请校友，聊尽地主之谊。流金和我都去参加了宴会，那时天祥中学迁往小坝，缺少资金，我们就向校友募捐，龙少夫人也慷慨解囊，算是酬谢联大校友对云南教育事业的奉献吧。

这次饯别餐会，使我想起了闻一多先生在清华毕业时，清华文学社为他们举行的欢送会。当时的文学社员顾一樵对这事有记载，他记下了闻一多的发言说："我个人对于母校的依依不舍，尤其是对本会（指文学社）的依依不舍，那是不用说……"末了他慷慨激昂地说："我们肉体虽然分离，精神还是在一起。"由此可以看出他对清华的感情。后来，闻一多写信给顾一樵说："朋友！你看过《三叶集》吗？你记得郭沫若、田寿昌（即田汉）缔交的一段佳话吗？我生平服膺（郭沫若的）《女神》几于五体投地，这种观念，实受郭君人格之影响最大。"又说："清华文学社中同社有数人我极想同他们订交，以鼓舞促进他们对文学的兴趣，并以为自己观摩砥砺之资。"由此可以看出他的感情受到文学兴趣的影响，郭沫若把《鲁拜集》译成中文出版后，闻一多还写了一篇评论，由此可以看出当时观摩砥砺的风气。

郭沫若、田汉和宗白华出版过《三叶集》。到了我们这一代却出现了《九叶集》诗人。九人之中，有四个是西南联大的学生：1939级的查良铮（穆旦），1942级的杜运燮，1943级的郑敏，1946级的袁可嘉。其中杜运燮是我的同班，他的诗被闻一多先生编入《诗选》。后来，他写了一首《西南联大赞》：

> 敌人只能霸占红楼，做行刑室，
> 可无法阻止在大观楼旁培养
> 埋葬军国主义的斗士和建国栋梁。
> 校园边的成排由加利树，善于熏陶，
> 用挺直向上的脊梁为师生们鼓劲。
> 缺乏必要书籍，讲课，凭记忆默写诗文，
> 总不忘吃的是草，挤出高营养的牛奶。
> 著名学者，培养出更著名的学者，
> 著名作家，培养出多风格的作家。
> 只有九年存在，育才率却世所罕有。

穆旦不但写诗，而且译诗。他在联大的同班同学王佐良认为他"最好的创作乃是（他翻译的）《唐璜》"。"《唐璜》原诗是

杰作，译本两大卷也是中国译诗艺术的一大高峰"。王佐良的话把翻译和创作等同起来了。穆旦的翻译能不能等同于创作呢？我们可以比较一下《唐璜》的两种译文：

何况还有叹息，越压抑越深，

　　还有偷偷一瞥，越偷得巧越甜。

还有莫名其妙的火热会脸红。

叹息越压抑越沉痛，

　　秋波越暗送越甜蜜，

不犯清规也会脸红。

　　哪种译文更像创作？哪种是译诗艺术的高峰？意见可能会不同吧。如果用流金的话来说，也许是一在其中，一在其上了。这也就是杜运燮说的"多风格"。联大正是因为兼容并包，既有向左转的殷福生，又有向右转的徐高阮，所以才"世所罕有"了。

闻一多先生讲唐诗

红烛啊！

你流一滴泪，灰一分心。

灰心流泪你的果，

创造光明你的因。

红烛啊！

"莫问收获，但问耕耘！"

——闻一多《红烛》

汪曾祺说过："能够像闻先生那样讲唐诗的，并世无第二人：因为闻先生既是诗人，又是画家，而且对西方美术十分了解，因此能够将诗与画联系起来讲解，给学生开辟了一个新境界。"

首先，我们看看《登鹳雀楼》，这是一首以天地为画布的名诗，第一句"白日依山尽"，五个字写出了画家很难再现的图景：一个"依"字使人看到的是一轮光辉灿烂的太阳沿着高耸入云的山峰缓慢地落下去了。这是一个动态，只有凭借想象才能看到这样的落日斜阳，而画家描绘的，却只能是一个静态的镜头，画不出落日的全过程。第二句"黄河入海流"，画布从天上转移到了地面，主体由西下的夕阳转换成了长河大海，如果说第一句写出了画中看不到的动景，那第二句又写出了画中听不到的江声。第三句"欲穷千里目"，再由天地转到了人，但是什么人呢？"千里"二字不但写出了具体的眼界，而且会使人想到抽象的广大胸怀，以上三句写天地人都是远景，最后一句"更上一层楼"才是近景，在天地山河的衬托之下，更加显得危楼高耸，看尽天下风光了。

听闻先生讲唐诗是60年前的往事，当时没有做笔记，现在恐怕记得不准确了，仿佛是闻先生说的：五言绝句是唐诗中的精品，20个字就是20个仙人，容不得一个滥竽充数的，看看《登鹳雀楼》，就可以知道此言不假，到了今天，如果要用自由诗来表现唐诗的宏伟气魄，那就要找特技演员来做替身了。

夕阳无限美好，

沿着弯弯的山腰

　　落到遥远的天外。

黄河奔腾咆哮，

　　浩浩荡荡，

　　流入汪洋大海。

如果你要看得更远，

　　看到千里外的世界，

那你就要登上，

登上一层更高，

更高的楼台！

　　王维是诗中有画的诗人，画中有诗的画家。如《鹿柴》第一句"空山不见人"，是简单的诗句和平淡的画面，用"不见人"来强调"空"字。第二句"但闻人语响"用听觉来补充视觉，用人声来反衬"空"字，更显得一无所见。第三句"返景入深林"写夕阳渗入林中，洒下了斑斓的金光。第四句"复照青苔上"，在幽静的景色中添上几点青苔，更显得深林无人，只有光影闪烁。这不是诗中有画么？《鹿柴》是写晚景。写夜景的如《鸟鸣涧》，第一句"人闲桂花落"画的是幽人落花，写的是闲情逸致；第二句"夜静春山空"画的是苍茫夜色，写的是空灵心态；第三句"月出惊山鸟"写的是"一石惊破水中天"似的感悟。第四句"时鸣春涧中"却是唤来了秋天里的春天。这不是画中有诗么？如何用现代诗来写出这种诗情画意呢？

心情闲适，心中无事，

让金黄的桂花，悄无声地落下。

黑夜降临，一片寂静。

遥远的青山和云烟，融成了虚无缥缈的一片。

明月升起，光照大地，

惊醒了酣睡的小鸟，引起了一阵阵唧唧，

给青山带来了生机，使幽谷露出了春意。

关于唐诗英译，闻先生写过一篇《英译李太白诗》。他在文中说："读了日本人英译的李白诗，我得到无限的乐趣，我也发生了许多的疑窦。""浑然天成的名句，它的好处太玄妙了，太精微了，是经不起翻译的……美是碰不得的，一粘手它就毁了。太白的五律是这样的，太白的绝句也是这样的。""这种诗意的美，完全是靠句法表现出来的。你读这种诗仿佛是在月光底下看山水似的：一切的都溟在一层银雾里面，只有隐约的形体，没有鲜明的轮廓：你的眼睛看不准一件什么东西，但是你的想象可以告诉你无数的形体。"闻先生并举日本人英译的《峨眉山月歌》为例，说"这首诗译得太对不起原作了"。

《峨眉山月歌》第一句"峨眉山月半轮秋"的确很不好译，因为秋没有形体，半轮却有鲜明的轮廓，两者结合在一起，你的眼睛看得出什么东西来呢？只好运用各人的想象。日本人没有想象力，看到什么就说什么，所以简单地译成 *half round*（半圆形的），结果诗意全没有了。无怪乎美国诗人 Frost 说：诗是在翻译中失掉的东西。在闻先生的启发下，我想象了一下李白当时看到的景色：峨眉山连绵起伏，像巨人的浓眉横亘在大地上，（王观的词说："山是眉峰聚。"）半轮明月像金黄的眉毛，高挂在秋天无边无际的夜空中。天上的金眉毛和地上的银眉毛遥遥相对，这不就是一千五百年前李白看到的"峨眉山月"吗？于是我就把这个名句译成英文如下：

The moon shines on Mount Brows like

Autumn's golden brow.

我觉得这就是闻先生评郭沫若译《鲁拜集》时说的："译者仿佛是用自己的喉舌唱着自己的歌儿似的。"我认为这是再创作的翻译法，再创可以使诗在翻译中失而复得，所以也可以说是"以创补失"法。

《峨眉山月歌》后三句是："影入平羌江水流。夜发青溪向三峡，思君不见下渝州。"平羌、青溪、渝州都是地名，加上峨眉山名，每句一个专门名词，如何能入诗呢？我认为译者这时又应该"仿佛是用自己的喉舌唱着自己的歌儿似的"，要把专门名词诗化，也就是普通化。于是我把后三句翻译如下：

Its deep reflection flows with limpid water blue.

I'll leave the town on Clear Stream for Three Gorges now.

O Moon, how I miss you when you are out of view!

最后一句的"君"字有两种解释：一说君指友人，一说君指明月，因为三峡两岸悬崖峭壁太高，在船上看不见月亮了。如果说是友人，未免显得突兀，而且和诗题无关；如果说是明月，则是借"思君"写三峡之景，又突出了诗人热爱自然之情，真是情景交融之作。所以即使原作是指友人，译者认为友人不如月亮美，还是可以译成明月，因为这不是个真的问题，而是美的问题。在译诗时，求真是低标准，求美才是高标准。翻译要求真，诗词要求美。译诗如能既真又美，那自然再好没有，如果二者不能兼得，那就只好在不失真的条件下，尽可能传达原诗的意美、音美和形美。音美包括韵律，钱锺书先生说过："我译诗是带着音韵和节奏的镣铐跳舞。"闻先生却说："带着镣铐跳舞，跳得灵活自如才是真好。"并且批评所谓忠实的翻译："忠实到这地步便成笨拙了。"

闻先生在评论郭沫若的《鲁拜集》第十九首时说：这首诗"严格地译起来或当如此——

> 我怕最红的红不过
> 生在帝王嗓血处的蔷薇；
> 园中朵朵的玉簪儿怕是
> 从当年美人头上坠下来的。

郭君译作——

> 帝王流血处的蔷薇花
>
> 颜色怕更殷红；
>
> 花园中的玉簪儿
>
> 怕是植根在美女尸中。

这里的末行与原文尤其大相径庭，但我们不妨让它'通过'，因为这样的意译不但能保存原诗的要旨，而且词意更加醒豁，色彩更加浓丽，可说这一译把原诗译好了。"由此可见，闻先生认为译诗是可以胜过原诗的。

但是闻先生在《英译李太白诗》中又说："《静夜思》《玉阶怨》《秋浦歌》《赠汪伦》……实在什么人译完了，都短不了要道歉的。"我却觉得是不是可以用郭沫若译《鲁拜集》的方法来译李白的绝句呢？如《秋浦歌》："白发三千丈，缘愁似个长。不知明镜里，何处得秋霜？"这首绝句可以译成语体如下：

> 我的白头发多么长？
>
> 量一量怕有三千丈。
>
> 　　即使是三千丈，
>
> 也量不出我内心的忧伤。
>
> 我对着镜子照一照，
>
> 　　不觉吓了一跳。

秋天的雨露风霜，

怎么落到了我的头上？

原诗"三千丈"极尽夸张之能事，语体译文加了"量一量"三个字，可以理解为头发一根一根加起来的长度，词意更加醒豁；原诗"秋霜"二字扩展为"雨露风霜"，色彩更加浓丽。但如译成英文，"三千丈"就不宜入诗，只好尽量保存原诗的要旨，使得词意醒豁，色彩浓丽，也就不一定对不起原诗了。

Long, long is my whitening hair;

Long, long is it laden with care.

I look into my mirror bright:

From where comes autumn frost so white?

闻先生又说："形式上的浓丽许是可以译的，气势上的浑朴可没法子译了。但是去掉了气势，又等于去掉了李太白。"李白最有气势的绝句可能算《早发白帝城》："朝辞白帝彩云间，千里江陵一日还。两岸猿声啼不住，轻舟已过万重山。"李白号称"诗仙"，这首诗可以说是"谪仙之歌"。第一句说：早晨告辞彩云间的白帝城。如果把白帝理解为天上的玉帝，那就是谪仙告辞天庭下凡了。第二句的"千里"之长和"一日"之短，形成了时间和空间的鲜明对比，一日千里这不是神速么？第三句中的猿啼

146

什么呢？猿鹤都是仙家的伴侣，那不是舍不得谪仙下凡吗？第四句中的"轻舟"和"重山"又有轻重对比，更是飞流直下，气势不凡了。这首诗有翁显良的英译文，多少传达了一点李白的气势：

> Goodbye to the city high in the rosy clouds of dawn.
> Homeward, out the goreges, out today?
> Let the apes wail. Go on.
> Out shoots my boat. The serried mountains are all behind.

译文还原可以是：再见了，彩云间的白帝城！回家了，出三峡了，今天就出三峡了！让猿猴哀鸣吧，前进吧！船行如箭。万重山都落在后面了。这不有点李白的气势吗？

这首诗是759年写的。那时永王争夺皇位，封了李白的官，但是起兵失败，李白也被流放到夜郎去。在坐船西去夜郎的途中经过白帝城，李白得到赦免，又改乘船东下，心情非常愉快，加上下水船快，就写下了这首快上加快的快诗。其实这首诗是根据《水经注》和三峡民谣写成的。《水经注》中说："自三峡七百里中，两岸连山……有时朝发白帝，暮宿江陵，其间千二百里，虽乘奔御风，不似疾也。"李诗第一句中只有"彩云间"三字是他自己的，但这三个字加得好，使人不但看到了居高临下的白帝城，还看出了李白喜不自胜的心情。1951年我经过三峡，看见白帝城在半山腰，并没有彩云缭绕。可见李白写的不是客观之景，而是主观之情。三峡有个民谣："长江三峡巫峡长，猿啼三声人断肠。"因为三峡水急滩险，翻船的事故从前屡见不鲜，所以猿啼也成了哀鸣，仿佛是在哀悼失事的舟子似的，使人听了胆战心惊。但是李白却用哀景来衬托愉快的心情，使人更感到流放遇赦的难得。据说美国总统布什游三峡时还问猿猴到哪里去了，可见这首诗的影响之大。

翁显良 1957 年被错误地打成了"右派"，下放到北大荒劳动改造，后来拨乱反正，才得到平反。他翻译这首诗时，思想感情和李白非常接近，所以才能译出诗人的气势。他的译文不拘小节，不译"江陵"而说三峡，气势反而显得更大；不译"一日还"而重复今日出峡，气势反而显得更急；不译"两岸"而说船行，使主体更加得到强调。

1980 年，布什总统回忆 1977 年的三峡之行时说：他认为李白《早发白帝城》的意境有点像当时的中美关系：两方面都有反对改善关系的声音，就像"两岸猿声啼不住"一样。但他相信，中美关系这艘航船，还会克服困难，越过险滩，冲过"万重山"的。这就是说，他当时对中美关系还抱乐观态度，这也可以算是古为今用了。

一千二百多年前，李白因为随从永王反对皇帝而被流放，最后还是得到赦免。一千二百多年后，翁显良因为响应共产党的号召大鸣大放而被打成"右派"，最后也能得到平反；中美关系虽然困难重重，到了克林顿总统时代，也一度得到改善。但是闻一多先生却因为反对独裁，呼吁民主，而献出了自己的生命。就像他在《红烛》中所说的："为了'创造光明'而把自己烧成灰烬。"

1945年5月4日昆明大中学生举行大游行时，忽然下起雨来，有些学生正要散开，闻先生却走上讲台，大声说道："武王伐纣誓师时也下了大雨，武王说这是'天洗兵'，是上天给我们洗兵器。今天，我们也是'天洗兵'。"于是游行照常举行。闻先生谈到武王誓师的事，记载在《诗经·大明》中：

> 殷商之旅，（殷商派出军队来）
> 其会如林。（军旗密密树林样）
> 誓于牧野：（武王誓师在牧野）
> 维予侯兴。（我周兴起军心壮）

武王伐纣是三千年前的往事，闻先生把它和三千年后的反独裁斗争联系了起来，可见他善于古为今用。

闻先生在《红烛》中说："莫问收获，但问耕耘！"但他耕耘的成果累累，收获还是不小的。如他在西南联大中文系的得意门生汪曾祺，后来写出了《芦荡火种》，对革命做出了贡献。历史系的学生程应镠，外文系的学生彭国涛，继承了他的政治事业，分别成了中国民主同盟上海和昆明的委员。不幸的是，他们三人都曾被错误地打成"右派"。幸运的是，历史系学生许寿谔和李晓等加入了共产党，许寿谔后来成了北京大学历史系副主任，为国家培养了不少接班人，并且写了一篇《闻一多和吴晗》；李晓现在是西南联大校友会的秘书长，也写过怀念闻先生的诗句：

> 每逢故人忆逝川，
> 最难忘处是南滇。
> 吴闻壮语惊四座，（指吴晗、闻一多两先生）
> 一二支部聚群贤。

我在联大和汪曾祺一样不问政治，糊里糊涂没有被打成"右派"，总算把闻先生讲过的《诗经》和《唐诗》译成了英文和法文，也可以告慰闻先生在天之灵了。

钱锺书先生和我

如果说闻一多先生讲唐诗并世无第二人，那么，钱锺书先生贯通古今中外的才学，不但是前无古人，就是以后恐怕也难有人能和他相提并论的。

《不一样的记忆》中有一篇对我的采访，题目是《许渊冲眼中的钱锺书》，里面有不少的问题，现在我来再谈一谈。

钱锺书先生给我印象最深的有三点：一是他读书求学时，才智过人；二是他写文章或说话时，妙语惊人；三是成为一代宗师之后，嘉勉后人。

首先，他考清华大学，国文和英文得最高分，数学却不及格。这给我的启发是：人有所长，必有所短，不能面面俱到。因此我上大学时，喜欢的课程就好好学，不感兴趣的就敷衍了事，不想做梅贻琦校长要求我们做的通才。钱锺书上课时不大听讲，考试成绩常是全班第一。这点我只学到他的缺点，却学不到他的优点。例如我听中国通史时，雷海宗先生口若悬河，滔滔不绝，年代数字，滚瓜烂熟，使同学们赞不绝口；但他讲的史实很少超越我在中学时代学过的知识，所以我听时心不在焉，而考试成绩也只及格而已。但是也有例外，上法国文学史时，全班同学都选了法文，只有我选的是俄文，结果考试时，学俄文的居然胜过了全班学法文的，这就使我洋洋得意，自以为学到了钱锺书的九牛一毛。其实，清华才子，后来当了外交部长的乔冠华说过："锺书的脑袋也不知怎么生的，过目不忘，真是照相机一般的记忆。"所以不但他的同学，就是他的老师，也无不对他刮目相看。据说他在清华毕业时，学校希望他升研究院，他却说道："西洋文学系没有一个教授能做他的导师。"老师和同学都这样看他，后生小子怎能望其项背呢？

《不一样的记忆》154页上说：钱锺书"这种品质，反映在文字里，就是层出不穷的警句，因为他本身就是一个天才的警句"。我觉得这句话说得很妙，因此，记者采访我时问道："据说钱锺书先生曾发'叶公超太懒，吴宓太笨，陈福田太俗'之论，杨绛先生、李赋宁先生都曾书面澄清绝无此事。作为当时西南联大外文系的一个学生，您怎么看待这句话？"我当时回答说："这句话看起来像是钱先生说的，因为它是一个警句。"

杨振宁说过："爱因斯坦等大科学家的伟大成就往往能用一个简单的公式概括起来，而我看这个公式也可以算是一个警句。"冯友兰谈到金岳霖时说："他的长处是能把很简单的事情说得很复杂；我的长处是能把很复杂的事情说得很简单。"冯先生化复杂为简单的本领也可以说是善于运用警句，这正是中国哲学的长处。例如他把孔子的政治哲学概括为"礼乐"二字，又把

"礼"简单总结为"模仿自然外在的秩序",把"乐"简单总结为"模仿自然内在的和谐"。这些都可以说是警句。这些警句对我很有帮助,后来我用英文解释"礼乐"的时候,就用了 *duty and beauty* 两个词。而妙语如珠正是钱锺书的拿手好戏,我看对叶吴陈三人的评论可以算是妙语。

记者问到杨绛先生等曾书面澄清绝无此事,我却说有无此事我不敢肯定或否定,因为说有易,说无难。但我觉得这话像是钱先生的口气,评论也不无道理。其实他不但是对教师,就是对当时的世界文豪,批评起来也是一针见血,毫不容情的。例如他说:"萧伯纳的伎俩,是袭取新出的学说,生吞活剥地硬塞到自己的作品里去,借以欺世盗名;威尔斯则总抱着几个老调弹个不休。"(《不一样的记忆》105 页)即使对他的父亲和父执章士钊,也是实话实说:"章文差能尽俗,未入流品;胡适妄言唱于前,先君妄语和于后,推重失实,流布丹青。"(《不一样的记忆》141 页)所以在我看来,与其考证对叶吴陈的评语是否出之于他的口,不如研究这三句话是否言之有理。

第一句话,叶公超是不是太懒?他的学生季羡林说:"他几乎从不讲解。"另一个学生赵萝蕤说:"我猜他不怎么备课。"他的同事柳无忌说:"这时的西南联大尚在草创阶段,三校合并,人事方面不免错综复杂,但我们的外文系却相安无事,那是由于公超(系主任)的让教授各自为学,无为而治的政策——我甚至不能记忆我们是否开过系务会议。"我还记得 1939 年 10 月 2 日我去外文系选课时，系主任叶先生坐在那里，吴宓先生站在他旁边，替他审查学生的选课单，他却动也不动，看也不看一眼，字也不签一个，只是盖个图章而已，真是够懒的了。这个"懒"字后来给他惹下了大祸：1961 年 11 月他任国民党政府驻美大使，在联合国开会时，他懒得向蒋介石请示，就举手赞成了外蒙古入联合国案，结果立刻被蒋介石召回台湾，软禁终身。这能说是不"懒"吗？

那么，钱锺书会不会说他的老师"懒"呢？《不一样的记忆》211 页记下了他的一段话："我在《围城》中所笑的，是模仿《荒原》体的劣诗，并不是《荒原》本身。像 30 年代的卞之琳、戴望舒等诗人介绍了法国象征派的诗，40 年代的乔治·叶（即叶公超）介绍了 *Eliot* 和伍尔芙夫人等人，一时在中国很起了一阵激动，我在《围城》里所写的，就是这样拙劣的歪诗人。"既然他能说叶公超是"拙劣的歪诗人"，那说他"懒"还是客气的了。

第二句话，吴宓是不是太笨？《吴宓日记》1941 年 5 月 29 日说："我是一个奇特的人，不可以常情测的。我的性情是热烈而真诚，其缺点是急躁而笨拙。"吴宓先生自己承认"笨拙"，这恐怕不是谦虚吧！就以刚才谈到的选课而论，吴先生站着而叶先生坐着，我还以为他是系主任的助手呢！如果一个代表清华，一个代表北大，那也应该平起平坐呀！如以年龄而论，吴先生比叶先生大十岁，那更应该是他坐着。为什么反其道而行之呢？这恐怕只能解释为"笨拙"。后来读了《吴宓日记》，更觉得吴先生未免太笨了。

《吴宓日记》1939 年 7 月 15 日："晨，办杂务。11:00 晤叶公超，殊为郁愤。盖宓已定迁居昆华师范楼上 5 室，与超及金岳霖同居。而超必俟彼去后，始许宓迁入。超近年益习于贪鄙好利。超托宓为代搜求汽油箱 30 个，以供其家用，而愿以上好之铺板一副赠宓为酬。论价值，远不相抵。其后超乃以其自有之铺板床二副均移至其孝园寓宅，不我与。""超之所为，对宓既失信，又嫁祸，且图利焉。宓平日对超极厚。至于请宴，更不知若干次。超每于群众中，把臂附耳，外示与宓亲厚，宓完全在其掌握……又命宓为超治家具，于其迎妻子归抵昆明之日，烹茶热水以俟，俾一到可以喂小孩乳。"这样看来，吴宓为叶公超买家具，买汽油箱，烧开水，热牛奶，不但是系主任的助手，简直是家中的佣人了。吴宓宴请叶公超不计其数，但是肉包子打狗，有去无回，这不是笨到家了吗！钱锺书是如何评论吴宓的呢？他在一篇英文文章中说："*Mr. Wu Mi's pageant of a bleeding heart, his inclination to wash occasionally his dirty in public, his sense of being a grand imcompris, his incessant self-flagellation*"，《为钱锺书声辩》21 页的译文是："吴宓从来就是一个喜欢不惜笔墨，吐尽肝肠的自传体作家，他不断地鞭挞自己，当众洗脏衣服，对读者推心置腹，展示那颗血淋淋的心。然而，观众未必领他的情，大都报之以讥笑。"这样看来，说"吴宓太笨"像是钱锺书的口气，不过比讥笑的观众多一份同情而已。记得钱先生讲大一英文时说过一句妙语：*To understand all is to pardon all.*（理解就是原谅。）可见同情的基础是理解。其实，理解是可以仁者见仁，智者见智的。例如叶公超懒于开外文系会，柳无忌却认为是无为而治，有所不为而后能有所为。那么钱锺书不也是懒于听课，因为他已经博览群书了吗？他考大学时数学不及格，不正是有所不为而后能在文史哲方面大有作为吗？所以关于懒与笨的问题，可以有不同的理解。这又使我想起了钱先生讲大一英文时的另一句妙语：*Everything is a question mark; nothing is a fullstop.* 看来懒和笨也是一个问号，而不是一个句点。

说叶公超太懒就不是个句点，而是一个问号。只要看看他的历史，1920 年 16 岁的时候去美国，1921 年考入大学，四年后毕业，1926 年在英国剑桥大学得文学硕士学位，又在巴黎大学研究。六年之内，从美国中学生到英法研究生，如果说懒，恐怕也是和钱锺书差不多的有所不为吧。他 22 岁回国，就在北京大学、清华大学等名牌大学任教，比钱锺书回国时还小 6 岁呢。他的学生赵萝蕤、王辛笛等对他评价很高，他的同事胡适、吴宓等对他也有好评。如《吴宓日记》1926 年 10 月 3 日说："叶崇智（即叶公超）君邀同 Winter 至东城，王府井大街 151 公司楼上，进西式茗点。二君于美国现今文学极熟！所论滔滔，宓多不知，殊愧。"又如浦江清《清华园日记》1931 年 1 月 23 日说："晚六时归，公超即在余处面食，饭后同至公超处闲谈。谈英国小说，公超谓现代几个小说家学问皆极博，*H. G. Wells* 无论矣，*Aldous Huxley* 生物学极好，*Virginia Woolf* 历史学极好。"可见叶公超对英美现代文学知识广博，但是博而不精。他虽然在英国认识了艾略特，并且是第一个把艾略特介绍到中国来的人，但却没有写出一本专著。比起钱锺书来，那就差得远了。所以要说他懒，似乎也无不可。钱锺书对现代英美文学家如萧伯纳和威尔斯都评价不高，对艾略特的《荒原》却比较宽容。在我看来，他对萧伯纳的批评，也可以应用到《荒原》上：艾略特的伎俩，是袭取古代和外国的典故，"生吞活剥地硬塞到自己的作品里去，借以欺世盗名"。

说吴宓太笨是不是一个问号呢？我们也来看看他的学历：1900 年他 7 岁时已经认字三千，能读懂报章诗文，被誉为"神童"；1908 年 15 岁时，他作了《思游》诗和《咏史二首》；而钱锺书却是在 1930 年 20 岁时才代父为钱穆写《国学概论序》的。1911 年吴宓 17 岁时考入清华学堂，1916 年毕业，1917 年 24 岁赴美留学，1921 年 28 岁得哈佛大学文学硕士学位；而钱锺书则是 1929 年 19 岁时考入清华大学，1933 年毕业，1935 年赴英留学，1937 年 27 岁得牛津大学文学士后又在巴黎大学研究一年的。两人的学历差不多。

吴宓 1921 年回国后，任东南大学西洋文学系教授，教过吕叔湘、浦江清等著名学者，得到梁实秋等的好评。1925 年回清华大学任国学研究院主任，聘请了梁启超、王国维、赵元任、陈寅恪四大名师；后代西洋文学系主任，提出了培养博雅之士的目标，指出了叶公超、钱锺书等一代学人所走的道路，做出了上半世纪的宏观规划，贡献实在不小。

吴先生在清华大学和西南联大开设了"欧洲文学史""浪漫诗人""中英诗比较""文学与人生""翻译"等课程。上"欧洲文学史"时，他讲了柏拉图"一与多"的哲学，一指理想，多指现实。吴先生往往从理想出发来看现实，从一看多，所以矛盾很多。钱锺书先生却是从现实出发，能够多中见一，所以反能解决矛盾。吴先生讲"浪漫诗人"时，盛赞雪莱的"泛爱论"，说爱情如灯光，照两个人和照一个人一样亮，并且将理论付之实践，结果生活中矛盾重重，显得笨拙，这大约是说他太笨的根源吧。看来这是宏观和微观的矛盾。从宏观看来，他开"中英诗比较"课，为中国的比较文学奠下了一块基石，几乎可以算是大智若愚了。他讲"文学与人生"时，说文学中包含的真理多于历史；讲"翻译"时，他认为模仿真境重于模仿实境。但从微观看来，他把理想看得重于实际，结果理论往往脱离实践，就不免显得太笨了。例如他讲"浪漫诗人"时，说济慈一行诗中有声色香味等五种感觉词，我拿出一本《济慈诗集》来，请他举个例子，他翻了好久也没有找到，可见他的理论不一定有实例能证明，他很重视原则，但却不太了解实际情况。例如他把师道尊严看成神圣不可侵犯，有一次他的讲桌没有搬回讲台上，他认为是对他的大不敬，把全班同学大骂了一顿，不知道同学们正是为了尊敬他，为了抄他贴在墙上的讲义，才搬动讲桌的。后来看到《吴宓日记》1939 年 11 月 25 日中说："下午 2:30-3:30 上'欧文史'课。为 *Outline*（讲义）事，责学生嫌太急。"但是印象已经留下，可见他的笨拙往往是因小失大造成的。

这样说来，吴宓太笨和叶公超太懒都不是句点，而是问号；只有陈福田太俗可能是个句点，因为他的所作所为和吴宓、叶公超、钱锺书三位博雅之士都不相同。吴宓的风流雅事流传很广；钱锺书的雅言妙语令人叫绝；叶公超的雅致生活不同凡俗。如赵萝蕤在《怀念叶公超老师》一文中描写他的家庭说："一所开间宽阔的平房，那摆设说明两位主人是深具中西两种文化素养的。书，还是书是最显著的装饰品，浅浅的牛奶调在咖啡里的颜色，几个朴素舒适的沙发、桌椅、台灯、窗帘，令人觉得无比和谐。吃起饭来，不多不少，两个三个菜，一碗汤，精致，可又不像有些地道的苏州人那样考究，而是色味齐备，却又普普通通，说明两位主人追求的不是享受，而是文化，当然文化也是一种享受。"赵萝蕤说的文化就是一种雅趣。而陈福田呢？他生在美国檀香山，得过哈佛大学硕士学位，但却没有读过一本中国古书，毫无中国文化素养，这和比他大一岁的吴宓截然不同。他的美国英语说得非常流利，但是从来没有说过一句惊人的妙语，这和博学多才的钱锺书又截然不同。他的生活随俗，学生在昆明街上边走边吃东西，他也边吃边走。因为联大在农校时厕所不够，学生吃稀饭后下了课就在墙角小便，他也站在墙角小便。这和摆教授架子的叶公超也截然不同。总而言之，陈福田只有一个"俗"字了得。

但是"俗"字好不好呢？一般说来，俗人重利，雅士重义。其实，雅士也不是不重利，只是不能见利忘义而已。雅如叶公超，吴宓却说他"好利"，叶公超借了他的钱，《吴宓日记》1938年2月25日说："公超陪宓至交通银行，以国币35元，换得港币32元，公超借去宓港币10元 $10H. K.（始终未还）。"可见雅如吴宓，也是不能忘利的。只有风雅如钱锺书，才能说出："我姓钱，还能缺钱花吗？"至于陈福田的"俗"气，可以从他喜欢的《哈姆雷特》第一幕第三场中波洛涅斯说的话里看得出来。

不要想到什么就说什么，凡事必须三思而行。

对人要和气，可是不要过分俗气……

不要对每一个泛泛的新知滥施你的交情……

倾听每一个人的意见，可是只对极少数人发表你的意见……

不要向人告贷，也不要借钱给人；

因为债款放了出去，往往丢了本钱，而且还失去了朋友。

话虽如此，陈福田还是愿意借钱给穷学生的，甚至回到夏威夷去，向华侨募捐，设立檀香山奖学金，帮助成绩优秀而有困难的学生。所以他虽然语不惊人，但是行不逾矩，得到梅校长的重视，当上了外文系主任。关于这点，《吴宓日记》1937年6月27日记下了学生的意见说："谓宓为本系学生人心所归，一切均胜陈福田，校长何以不命宓为系主任，殊属不平云云。"这也可以算是雅俗之争了。

陈福田对吴宓的看法，《吴宓日记》1929年9月16日有记载："陈福田谓宓乃浪漫派中最浪漫之人。"也就是说，吴宓重情轻利。叶公超的看法却不同，"叶君亦力言宓之离婚，乃本于 *execution of ideas*（信念的实施）。"这就是说，吴宓重义轻利。但据1933年9月22日《朱自清日记》，"叶公超曾说：吴宓的朋友除了他叶公超一人外，没有不骂吴宓的。"叶公超知道不知道吴宓对他的不满呢？对钱锺书的看法，吴宓和叶公超、陈福田都有矛盾。《吴宓日记》1940年3月8日说："随超、*F.T.*（陈福田）、徐锡良陪侍梅校长同归。梅邀至其宅（西仓坡）中坐，进茶与咖啡。宓倦甚思寝。而闻超与 F.T. 进言于梅，对钱锺书等不满，殊无公平爱才之意。不觉慨然。"但吴宓对钱锺书的态度也是矛盾的。《吴宓日记》1937年6月28日说："文学院长冯友兰来……拟将来聘钱锺书为外国语文系主任云云。宓窃思王（文显）退陈（福田）升，对宓个人尚无大害。惟钱之来，则不啻为胡适派，即新月新文学派，在清华占取外国语文系。结果宓必遭排斥。此则可痛可忧之甚者。"由此可见雅俗义利之间矛盾重重，但陈福田太俗恐怕还是一个句点。

　　陈福田先生最大的贡献可能是他编的《大一英文读本》，这本书是商务印书馆出版的"大学丛书"，对西南联大几千学生散布了西方的世俗思想。上学期给我讲"大一英文"的是叶公超先生，他对《读本》似乎并不满意，所以也懒得讲解。记得他讲过的课文有莫姆描写中国忍辱负重的苦力，赛珍珠叙述中国农村的苦难，兰姆听说的原始社会放火毁林烧死野猪吃烤肉的故事，胡适的文章和林语堂的《人生的目的》等。陈福田最喜欢的美国当代小说是史坦贝克写美国落后农村的《愤怒的葡萄》，中国小说则是林语堂的《京华烟云》，所以他选了这几篇课文。但是叶公超的兴趣不同，他认为林语堂不如兰姆幽默。我却觉得把毁林烧猪写成论文只是小题大做，不过可笑而已，算不得什么幽默。倒是林语堂引用了辛弃疾的词："少年不识愁滋味，爱上层楼；爱上层楼，为赋新诗强说愁。而今识尽愁滋味，欲说还休；欲说还休，却道天凉好个秋。"反能引起会心的微笑。可见关于幽默，也是可以仁者见仁，智者见智的。就是雅俗义利之争，陈福田虽然俗，这些课文也不能算是重利轻义吧！

　　采访记者问我的第二个问题是："钱锺书先生给你们上课时，都讲些什么？有没有讲错的时候？"钱先生讲"大一英文"用的也是陈福田编的读本，讲的内容和大家差不多，上学期主要讲中国的现实；下学期则多讲美国的政治（如《自由与纪律》）、社会（如《大学教育的社会价值》）、文化（如《经典为什么是经典？》）、生活（如《习惯》）、科学（如《一对啄木鸟》）、文学

（如欧文的《孤儿寡母》、爱伦·坡的《凶手的自白》）等。钱先生讲课与众不同的是他的英国音，因为以陈福田为首的"大一英文"教师说话都是美国音，大家听惯了，对标准的伦敦音反而觉得别扭。钱先生讲课不用中文，而隔壁教室潘家洵先生把课文翻译成汉语，结果大受学生欢迎。但钱先生说的妙语，却不是别的教授说得出的，如他说过："美容的特征在于：要面子而不要脸""宣传像货币，钞票印多了就不值钱"等等。他偶尔也有讲错的时候，记得讲爱伦·坡的短篇小说时，周基坤同学（后为南开大学教授）问："*My mind to do something.* 这句怎么没有动词？"钱先生说：名词后面省了动词 be。后来一查原书，却是名词前面漏了几个字，原句是：*I made up my mind to do something.* 钱先生应该看过原书，他的解释虽然不能算错，但这说明他的记忆并不能像照相机一样准确无误。

我为什么记得这一句呢？原来和我同上钱先生"大一英文"课的，有一个漂亮的女同学，名字是周颜玉。那时男女同学上课并不讲话，老师也不点名，所以下课之后，师生同学之间，几乎没有什么往来，有的甚至还不认识。我想要在周颜玉面前露一手，好让她认识我，就写了一封英文信给她，模仿这一句说：我一见她，*my mind to make your acquaintance.* 结果没有回音。周颜玉真是名副其实，有点像电视剧《漂亮女孩》中的女主角，身材不如她高，脸却更加漂亮。《吴宓日记》1939 年 8 月 7 日中有记载："前数日，于城门遇周颜玉，着橙红色衣，盛施脂粉，圆晶轻小，如樱桃正熟。偕其未婚夫行。今又遇于凤翥街口，着月色衫，斜垂红带，淡施脂粉，另有一种轻艳飘洒之致。与其夫购晨餐杂品。宓甚感其美云。"原来她已经有未婚夫了。60年后，她和丈夫住在台湾，我写信给她谈到往事，她迟到的回信说："我已是发苍苍、视茫茫的老妇，恐怕你已认不出来了。"又说："我是1938年进外文系，后转入社会系。吴宓老师的'西洋文学史'我只读了一学期。我记得有一次因为下雨，我弄脏了他的笔记本，我吓坏了，同学告诉我吴老师很爱清洁，他会骂人。结果还好，他只微笑不说话，我松了一口气。"还说："我在联大时，从未单独见过他，也未曾说过一句话，我也不是出色的好学生，蒙他抬爱（请我们吃饭），受宠若惊。最近我没照片，下次定会寄一张给你，不过白发老妇，请不要吓倒。"我还没有得到她的照片，所以在我心中，她还是当年同上钱先生"大一英文"课时坐在我旁边的那个"圆晶轻小"的女同学。

1939年5月8日，钱先生讲解的课文是《打鼾大王》，说卧车上有人鼾声如雷，吵得旅客一夜不能入睡，大家怒气冲冲想要报复。不料清晨车厢门开，走出来的却是一个千媚百娇的妙龄少女，大家顿时怒气全消，敌意变成笑脸，报复变成讨好。钱先生讲到这里，自己笑了起来。我也冲着坐在旁边的女同学笑了一笑。5月11日的英文作文题是《吃得太多的一个好结果》（*One Good Effect of Overeating*），我就模仿这篇课文写道：一个人吃得越多，就睡得越死，打鼾也越厉害。即使他的妻子在隔壁和人偷情也不知道。他在梦里和他的妻子谈话，却听不见她在隔壁和人谈情说爱。等到他的妻子听见他不打鼾了，立刻从隔壁房间跑过来，给他一个甜吻，他感到非常满意，觉得自己是世界上最幸福的人了。我希望我的作文能够博得钱先生一笑，但改作文的是助教，钱先生看也没有看到。

"大一英文"期末考试时，周基坤坐在我右边，看得见我的答案，他就在我的基础上进行加工，结果考试成绩比我还好，把我气得要命。我本想在钱先生班上考第一，给他留下一个好印象。不料改考卷的还是助教，钱先生学期一结束，就离开联大了。不过塞翁失马，安知非福？我从周基坤那里也学到了加工的一手，后来把外国人用散体翻译的中国诗词改成韵体，结果就青出于蓝而胜于蓝了。

记者提出的第三个问题是："钱先生在离开联大之后，您和他还有联系吗？"我回答说：钱先生到蓝田师范学院的事，我当时只是听说，后来读了《围城》，才明白一点详细的情形。我非常喜欢妙语如珠的《围城》，曾打算把它翻译成英文。但一开始就在序言中碰到了一句："人是两腿无毛的动物。""无毛"的英文是 *hairless*（没有头发的），怎么能说人是秃头的呢？于是我去查了一下 *Voltaire* 的原文，才知道"毛"是指羽毛，就译成 *featherless* 了。第二个问题是：方鸿渐写信给他的父亲说："怀抱剧有秋气。"气字一般译成 *air*，但在这里，钱先生会用什么英文词汇呢？我想起了雪莱《西风颂》第一句中有 *breath of Autumn's being*（秋天的呼吸），这里用 *breath* 不是正好吗？我想写信去征求他的意见，但不知道他的地址，所以就作罢了。

钱先生到上海后，在震旦女子文理学院任教，教过杨必和孙探微。孙探微后来和香港《大公报》记者朱启平结了婚，朱启平是在第二次世界大战中跟随美军采访，并在美国密苏里军舰上亲眼目睹日本投降仪式的唯一中国记者，后来在洛阳外国语学院和我同事。他说钱先生和孙探微的师生关系很好，到过北京后海他们家中，和他们作中外古今谈。

钱先生在上海暨南大学任教时，教过一个华侨学生刘新舜。刘也和我在洛阳外国语学院同事，据他告我，钱先生在谈到他的学生时，说过许国璋写的英文比王佐良好。但《吴宓日记》1947年10月13日却说："煦（周煦良）议裁减复旦校阅人，已而11：00钱锺书、杨绛夫妇来谒。赠宓、煦中央图书馆聘锺书所编撰之《书林季刊》二、三、四期各一份。又赠宓锺书著小说《围城》及绛著五幕剧《弄真成假》各一册。锺书力言索天章、许国璋二君之不可用。"索天章是清华大学外文系1936年毕业的，比钱锺书低三级；许国璋比索天章低三级，我又比许国璋低三级。他们二人当时都在复旦大学任教，并兼任吴宓主编《字典》的校阅人。许国璋英文虽然写得好，但并不可用为校阅人，可见钱先生对学生是一分为二的。索天章后来在洛阳外国语学院和我同事，据他告我，有一次他请教钱先生一个问题，钱先生不能当场解决，还是回去查了一下书才答复的。王佐良也说过："钱先生在翻译《毛泽东选集》时，并不见得比别人突出。只有许国璋和周珏良（周煦良的弟弟）对钱先生佩服得五体投地，周珏良读清华研究院时，要请钱先生做导师，但钱先生到蓝田去了。"许国璋在《回忆学生时代》一文中说："钱师讲课，从不满足于讲史实，析名作。凡具体之事，概括带过，而致力于理出思想脉络，所讲文学史，实是思想史……盖一次讲课，即是一篇好文章，一次美的享受……钱师，中国之大儒，今世之通人也。"他英文写得好，主要是因为学了钱先生。

记者又问："您再见到钱先生是什么时候？"我说："是1951年在清华大学外文系主任吴达元先生家里，那时钱先生负责清华研究生的工作，同夫人杨绛到吴先生家来。"我发现钱先生胖了（见1953年在北京大学中关村的照片），他们谈到邻居林徽因家的猫叫春，吵得他们一夜没有睡着，钱先生就爬起来拿根竹竿去打猫，讲得津津有味。我觉得钱杨二位这么高雅的人，怎么会对这种俗气的事感到兴趣？可见我对钱先生只是敬佩，并不了解。其实，钱先生早在1933年写的《论俗气》一文中就说了：俗本与雅对立，但求雅过分，也会转为俗。而俗人附庸风雅就更俗。如果俗人俗得有勇气，"有胆量抬出俗气来跟风雅对抗，仿佛魔鬼的反对上帝"，那倒反而是雅。而钱先生打猫就是转俗为雅了。

钱先生在清华大学带了一个研究生，名叫黄爱，就是后来人民文学出版社的编辑黄雨石。据说论文答辩的时候，把北京大学的朱光潜先生等人也请了来。朱先生提出了一些问题，指出了一些错误。不料钱先生在作结论时，提出了一些针锋相对的意见，反而指出了朱先生的错误，这就仿佛是魔鬼反对上帝了。

1952 年高等院校调整，钱先生调北京大学，后调社会科学院文学研究所，又借调到《毛泽东选集》翻译委员会，同时借调的有金岳霖、王佐良、熊德威、王仲英等人。熊德威是我的表弟，从小在英国读书，在牛津大学毕业，据他告我，钱先生非常谦虚，不耻下问。王仲英是联大外文系 1946 年毕业生，曾任人民文学出版社英文组组长，后来在洛阳外国语学院和我同事。据他告我，金岳霖翻译《毛选》时，碰到一句成语："吃一堑，长一智。"不知如何翻译是好，只好问钱锺书，不料钱锺书脱口而出答道：

A fall into the pit,
A gain in your wit.

形音义三美俱备，令人叫绝，金岳霖自愧不如，大家无不佩服。还有一句成语："三个牛皮匠，合成一个诸葛亮。"钱锺书译成：

Three cobblers with their wits combined
Equal Zhuge Liang the master mind.

于是传诵一时，钱锺书无可争议地登上了中国译坛的顶峰。

我在洛阳外国语学院时，王仲英和刘新舞常去北京，去看了钱先生之后，回洛阳总要谈谈钱先生的情况。朱启平因为孙探微在北京外文出版社工作，每年寒暑假都要回家，所以我总听得到钱先生的消息。1976年初，报上发表了毛泽东词《井冈山》和《鸟儿问答》，还有外文出版社的英译文。朱启平告诉我："这两首词是钱先生翻译的。"我看译文远不如"吃一堑，长一智"翻得好，就写信去问钱先生。我先谈到联大的事，说是非常喜欢读他写的《冷屋随笔》（后来改名《写在人生边上》），我还曾回昆明旧地重游，去寻访他的冷屋旧居（在文化巷11号）和他给我们讲课的昆华农校大楼，但农校已毁于"文化大革命"中，早已面目全非，无处寻找当年笳吹弦诵的旧踪影了。最后我才问到两首词的事，并且寄去我的韵体译文，请他斧正。2月26日后得到他龙飞凤舞的亲笔回信，全文如下：

渊冲同志：

　　惠书奉悉，尊译敬读甚佩，已转有关当局。我年来衰病不常出门，承命参与定稿，并非草创之人。来书云云，想风闻之误耳。草复即致

敬礼！

钱锺书　廿六日

　　我得到钱先生的回信后，告诉了王仲英。他说："'敬读甚佩'是客气话，不可当真。"钱先生为了省事，总说几句好话，免得人家麻烦。就像威克斐牧师一样，借点东西给人，人家不肯归还，从此不再上门，牧师也就乐得清静。水晶在《两晤钱锺书先生》（见《不一样的记忆》212页）中说："我连忙问：'你觉得於梨华（女作家）怎么样？'钱用英文答：'她很聪明。'我追问：'她仅限于聪明吗？不能比聪明多一点点吗？'钱答：'她是女士。秉诸西洋中古时代的骑士精神，你要我说什么好呢？'我无言了。于是我又问：'那么你觉得张爱玲（1920—1995）怎么样？''她非常非常好。'我又紧追盯人地问下去：'她仅止于聪明吗？还是，她比聪明犹多一筹呢？'钱答：'她比聪明犹多一筹。'"由此可见，钱先生对於梨华是说客气话，对张爱玲就不是。我是他的学生，有无客气的必要呢？那时洛阳外国语学院级别最高的教授是索天章，他在大学时比钱先生低三级，比我却高六级。他看了我英译的《毛泽东诗词》后说："这是小学生的译文。"他一句话就定了调。于是我的英法译文在洛阳并不受重视。钱先生即使是说客气话，打个一折八扣，也比索天章的评价高呀。所以我又把索天章看过的英译《毛泽东诗词》寄给钱先生看，要听听他的意见，得到他3月29日的英文回信如下：

Dear Mr. Hsu,

Many thanks for showing me your highly accomplished translation. I have just finished reading it and marvel at the supple ease with which you dance in the clogs and fetters of rhyme and meter. My sub-health and almost fully-mortgaged time do not allow me to comply you're your courteously expressed desire that I should be your censeur solide et salutaire. I'll pass the sheaf to one or two of my fellow members on the panel to read.

Your views on verse translation are very pertinent. But you of course know Robert Frost's bluntly dismissive definition of poetry as "what gets lost in translation." I'm rather inclined to say ditto to him. A verre clair rendition sins against poetry and a verre coloré one sins against translation. Caught between these two horns of the dilemma, I have become a confirmed defeatist and regard the whole issue as one of a well-considered choice of the lesser of the two evils or risks. In my experience of desultory reading in five or six languages, translated verse is apt to be perverse, if not worse. This is not to deny that the verse may be in itself be very good– "Very pretty, Mr.Pope, but you must not call it Homer, " as old Bently said.

You may have heard of the sad news of Prof. Wu Ta-yuan's

death. Another of us Old Boys gone?

Kindly remember me to Comrades Wang and Liu.

Yours Sincerely,

C. S. Chien (signed)

钱先生这封英文信用词巧妙，比喻生动，引经据典，博古通今，显示了他的风格。他称我为"许君"，内容大意是说：谢谢你给我看你成就很高的译文。我刚读完。你带着音韵和节奏的镣铐跳舞，灵活自如，令人惊奇。我的健康欠佳，时间几乎完全抵押出去了，所以无法答应你婉转提出的要求，希望我对你的译文提出具体的意见。但我会把你的文稿转交给毛选英译委员会的一两个同事看看。你对译诗的看法很中肯。但你当然知道罗伯特·弗洛斯特不容分说地给诗下的定义："诗是在翻译中失掉的东西。"我倒倾向于同意他的看法。无色玻璃般的翻译会得罪诗，而有色玻璃般的翻译又会得罪译。我进退两难，承认失败，只好把这看作是一个两害相权择其轻的问题。根据我随意阅读五六种文字的经验，翻译出来的诗很可能不是歪诗就是坏诗。但这并不是否认译诗本身很好。正如本特莱老兄说的：蒲伯先生译的荷马很美，但不能说这是荷马的诗。你也许听说吴达元教授去世的消息。老同学又少一个！请向王、刘二位问好。

钱先生这封信说出了他对译诗的精辟见解。首先，他说我的译文"成就很高"，这可能是客气话，也可能是对学生的嘉勉，就像对於梨华和张爱玲的评价一样。第二，他把译诗押韵比作带着镣铐跳舞，形象生动。闻一多先生也说过：带着镣铐跳舞能跳得好才是真好。看来闻先生把镣铐当作道具，没有褒贬。钱先生却当成束缚，带有贬义，但他加上"灵活自如"字样，又带有褒义了。一褒一贬，说明译诗是个问题（问号），还没得出结论（句点）。在第二段，钱先生说我对译诗的看法"中肯"，这是欲擒先纵，因为他接着就引用美国诗人的话说：翻译会失掉诗。他还进一步，用了两个法文形象，把直译比作无色玻璃，把意译比作有色玻璃，说明译者所处的两难境地。他又再进一步，说他宁可得罪诗，而不愿得罪翻译，因为翻译的诗不是坏诗，就是歪诗。"坏"和"歪"两个字的原文和译文都押了韵，都很巧妙。可见翻译并不是有失无得的。不过这说的是散文。至于诗呢？钱先生笔锋一转，引经据典，谈到蒲伯译荷马史诗的事。蒲伯得罪了翻译，却没有得罪诗，结果翻译出了好诗，但不能算是荷马的诗，不能算是好的译文。在我看来，钱先生认为翻译的诗最好既是好诗，又是好译；不得已而求其次，要求是好译而不是坏诗，或者不是好译而是好诗；最下等的是翻译得不好的歪诗。最后，钱先生谈到吴先生的去世，言简情深，并问候他的学生王仲英和刘新舞。

钱先生的信对我是一个鼓舞，也是一个鞭策。鼓舞的是，他说我译的诗灵活自如；鞭策则是，不要得罪翻译，又得罪诗。钱先生引用了弗洛斯特的话和蒲伯的译例，我只赞成英国诗人的译法，却不同意美国诗人的说法。我认为译诗不是有失无得，而是有得有失的。如果能像蒲伯那样以创补失，那不但不能说得不偿失，反而是得多失少了。例如荷马史诗中的一个名句有两种译文：

[1] *For war shall men provide and I in chief of all men that dwell in Ilios. (Leaf)*

（人们要准备打仗，而我是伊利奥人的首领）

[2] *Where heroes war, the foremost place I claim, The first in danger as the first in fame. (Pope)*

（冲锋陷阵我带头；论功行赏不落后。）

第一种是无色玻璃般的译文，没有得罪翻译，但是对不起诗；第二种是蒲伯的有色玻璃般的译文，可以算是好诗，但似乎对不起翻译。《阿诺德评荷马史诗的翻译》一文中说：蒲伯的译文"押韵加强了对偶，自然也就加强了分隔，而这也正是蒲伯的译法。蒲伯的失败，也正是在于他没有译出荷马明白清晰、直截了当的风格和措辞的特点，过分运用了自己喜欢修饰雕琢的风格"。比较一下两种译文，都是有得有失的，但哪种译得不偿失呢？第一种译出了"荷马明白清晰、直截了当的风格"，这是有所得；但是淡而无味，只能使人知之，不能使人好之；这是有所失；是得多呢？还是失多呢？第二种运用了"修饰雕琢的风格"，但也不能说不"明白清晰、直截了当"呀。这能算是有所失吗？即使算是有所失，但是译文能使读者知之，好之，甚至乐之，这不是得多于失吗？《英国浪漫派散文精华》21页上说："人们发现蒲伯较之荷马有着更多闪光的比喻和动情的描写，总体上也显得更内容丰富，文采飞扬，细腻深入和绚丽多彩。这样，蒲伯的译文反倒比希腊文的原著更受人欢迎了。"关于这个问题，钱先生在《林纾的翻译》一文中也说过："最近，偶尔翻开一本林译小说，出于意外，它居然还没有丧失吸引力。我不但把它看完，并且接二连三，重温了大部分的林译，发现许多都值得重读，尽管漏译误译随处都是。我试找同一作品的后出的——无疑也是比较'忠实'的——译本来读……就觉得宁可读原文。这是一个颇耐玩味的事实。"我认为这说明了钱先生的矛盾：理智上要直译，情感上爱意译。其实，在译诗问题上，诗是本体，是第一位的；译是方法，是第二位的。诗要求美，译要求真；把美的诗译得不美，不能算是存真：只有在不失真的条件下尽量求美。才是译诗的原则。

钱先生在信中提到的吴达元教授是我的法文老师，他用英文讲解法文，要求严格，一年之内讲完了法文文法。吴先生班上人才济济，有当时得到联大嘉奖的林同珠和王浩（王浩1983年得"数学定理机械证明里程碑奖"，等于诺贝尔数学奖）；有演英文剧《鞋匠的节日》女主角而得到满场掌声的梅祖彬（梅校长的大小姐）；后来得到宋美龄翻译奖的巫宁坤；有女作家陈蕴珍（就是巴金的未婚妻萧珊）和女翻译家林同端（先后在国外出版了英文本《周恩来诗选》和《毛泽东诗词选》）。我第一次考试的成绩居然压倒群英，得了 99 分。后来我步钱先生的后尘，去了英国、法国，出版了古诗词的英法译本。回想起来，不能不感谢钱吴二位先生给我打下的英法文基础。

1977 年初，我读到两首据说是毛泽东悼念周恩来的词，就译成了英文，但不知道是否毛泽东的作品，又写信去问钱先生，得到他 2 月 16 日的信如下：

渊冲同志：

我已迁居国务院新宿舍，来书昨夜方转到（通讯处仍为文学所，每周有人转送）。所示两篇，恐非真笔；平仄不合词律（如拉丁诗之 "false quantity"），即可知必出于生手学作。尊译远胜原著；Pater 阅 Poe's Tales，不读原文，而读 Baudelaire 译文，足相连类。匆复即致

敬礼！

钱锺书上　十六日晨

张朱两位前烦代致候不一一。

信中提到的国务院宿舍，就是三里河六号楼。提到的两首词，一首是《卜算子》，一首是《忆秦娥》。钱先生认为不是毛泽东的作品，又说我的译文"远胜原著"，就像法国诗人波德莱尔翻译的美国作家爱伦·坡的短篇小说胜过原文，使英国作家佩

特宁可读法译文一样。这话使我受宠若惊，说明钱先生上次说的"成就很高"不是客气话。可惜两首词的原文已经失落，只好根据我的英译把《忆秦娥》的上半首还原如后："山河咽，拭泪无语心已裂。心已裂，国失栋梁，天丧人杰。"英译文是：

The land sobs, mountains, streams and all.

Wiping my eyes, silent, I'm broken-hearted.

I'm broken-hearted

To see the pillar fall,

A man of men departed.

钱先生说英译胜过原作，是说译文更合英诗格律，但原作并不是真品，所以胜过不足为奇。这倒说明了钱先生认为译文可以胜过原文，就像蒲伯可以胜过荷马一样。

信中提到的张朱两位，指的是张培基和朱启平，两人都在洛阳外国语学院和我同事，张培基和钱先生同时在中国共产党第八次全国代表大会上做过翻译工作；朱启平的夫人孙探微是钱先生的得意弟子，他们夫妇1978年回香港任《大公报》记者，临行前我写了一首赠别诗如后：

塞上风云未能忘，荆州抢险日夜忙。

十八春秋共忧乐，花开时节别洛阳。

议论风生惊四座，下笔千言成华章。

敢入虎穴探虎子，笑待捷报传香港。

第一二句指"文化大革命"期间，我们同在塞北劳动改造，接受文批武斗的难忘经历。后来又同在江南襄阳抗洪抢险，结果还是"水淹七军"（我们所在的劳改队是"第七连"）的往事。自1960年起，我们同在一起教学、讨论、生活，还常同打桥牌，已有18年了。记得他谈到日本偷袭珍珠港的事，美国总统早已得到情报，使我们大吃一惊；他写的关于日本投降的报道，传诵一时。1978年春，他要离开洛阳到当时还是资本主义的"虎穴"香港去了。我们都等待着他报道的好消息。

1978年底，洛阳外国语学院出版了我翻译的《毛泽东诗词四十二首》英法文本，我寄了一本给钱先生。后来刘新舜又调去广州暨南大学。我就写信给钱先生，问问有无可能调去北京，得到他1980年1月23日的回信如下：

渊冲同志：

屡承惠寄大作，极感，未复为歉。我赴欧赴美，皆非为讲学；亦因无学可讲，故 Princeton 等二三大学来函邀我今年去走江湖卖膏药，亦一律坚辞矣。新舜等他去，足下更如擎天之玉柱，校方决不放行；他校商调，亦恐如与虎谋皮！我衰朽日增，一月前牙齿尽拔，杜门谢事。《围城》

英译本去秋在美出版，俄文本译者去冬来函亦云已竣事，
辱问以闻。专复即颂

教安

钱锺书　二十三日

钱先生信中谈到赴欧美的事，是指 1978 年去意大利出席第 26
届欧洲汉学会议，发表《古典文学研究在现代中国》一文，及
1979 年参加中国社会科学院代表团去美国各大学的访问。信
中谈到的《围城》英译本，是指 *Jeanne Kelly* 和茅国权合译的
Fortress Besieged，据说原书很多妙语没有翻译出来。

　　1980 年香港商务印书馆约我翻译《苏东坡诗词选》。我阅
读了钱先生的《宋诗选注》，发现钱先生说熙宁五年是公元 1072
年，而陈迩东注的《苏东坡诗词选》却说是公元 1071 年，不知
何所适从。又读到钱先生说的："苏轼的《百步洪》第一首里写
水波冲泻的一段：'有如兔走鹰隼落，骏马下注千丈坡，断弦离
柱箭离手，飞电过隙珠翻荷'，四句里七种形象，错综利落……"
我译成英文时，却觉得这七种形象不是写水波而是写"轻舟"
的。于是就写信去问钱先生，得到他 6 月 14 日的回信说：

渊冲同志：

　　惠函奉悉。苏诗英译，壮举盛事，不胜忻佩。垂询数
则，我家无藏书，东坡集亦不例外，未能检答，至愧。诗

篇编年，可借冯应榴《苏诗合注》一查。陈迩东似亦据此。七二，七一或系排印之误，当时未检出者。《百步洪》四句乃写"轻舟"，而主要在衬出水波之急泻，因"轻舟"亦可如《赤壁赋》所谓"纵一苇之所如，凌万顷之茫然""放一叶之扁舟"（手头无书，记忆或有误），境象迥别。匆此即致

敬礼！

钱锺书　六月十四日

我感冒发烧，恐耽误尊事，急作复，草草请原谅。又及。

那时"文化大革命"结束不久，大家对"破四旧"还心有余悸，把古典文学都看成封建主义的作品。王仲英见我翻译苏东坡就说："你还翻译老古董呀？"使我不免有点犹豫。得到钱先生信，说是"壮举盛事"，这就给了我有力的支持。钱先生感冒发烧，还赶快给我回信，更使我又感又愧，觉得如不翻好苏诗，也对不起钱先生了。

香港商务印书馆得到苏诗译稿后，又约我翻译《宋词一百首》。我译到李清照的《小重山》，发现有几句不好懂："碧云笼碾玉成尘，留晓梦，惊破一瓯春。"注解中说："碧云"指茶叶，我只记得李清照《金石录后序》中说："余性偶强记，每饭罢，坐归来堂，烹茶，指堆积经史，言某事在某书某卷第几页第几行，以中否角胜负，为饮茶先后。中即举杯大笑，至茶倾覆

怀中，反不得饮而起。"不知道是不是指这事，问过劳陇（许景渊）也没有把握，只好又写信去问钱先生，得到他 11 月 25 日回信如下：

渊冲同志：

我昨夜自东京归，于案头积函中见尊书，急抢先作复，以免误译书期限。李清照词乃倒装句，"惊破"指"晓梦"言，非茶倾也。谓晨尚倦卧有余梦，而婢已以"碾成"之新茶烹进"一瓯"，遂惊破残睡矣。鄙见如此，供参考。劳陇君是我已故堂妹的丈夫，英文甚好，能作旧诗词及画，与我无师弟关系。匆此即致

敬礼！

钱锺书　廿五日

钱先生信中说"自东京归"，指 1980 年 11 月访问日本，在早稻田大学讲《诗可以怨》的事。关于《小重山》的问题，后来读到《李清照词赏析》中说：词人把碧色的茶团碾碎后放入茶壶中去煮，同时回味拂晓时的春梦，等到茶滚开了才惊醒过来。又读到《李清照诗词评注》中说："饮过一杯春茶，滞留于晓梦中的意识，才被惊醒过来。"都说得通。于是我就采取各家之长，译成一杯碧云似的春茶使词人从晓梦中惊醒过来了。

1981 年香港商务印书馆出版了我英译的《动地诗——中国

现代革命家诗词选》，1982 年又出版了《苏东坡诗词新译》，我各寄了一本给钱先生，没有得到他的回信。7 月 28 日我就写了一封信去，可能谈到译诗求真是低标准，求美是高标准的问题，并且举了刘禹锡的《竹枝词》为例。原词和我的英译文如后："杨柳青青江水平，闻郎江上唱歌声。东边日出西边雨，道是无晴（情）却有晴（情）。"

Between the willows green the river flows along;

My gallant in a boat is heard to sing a song.

The west is veiled in rain, the east basks in sunshine;

My gallant is as deep in love as the day is fine.

我请教钱先生关于双关语的译法，得到他 8 月 11 日的回信如下：

渊冲教授：

我因客多信多，干扰工作，七月初"避地"，前日偶尔还家，得所内转至七月廿八日来函，迟复为歉。大译二种皆曾奉到，事冗未谢，罪过！我对这些理论问题早已不甚究心，成为东德理论家所斥庸俗的实用主义（*praktizismus*）者，只知 *The proof of the pudding lies in eating*。然而你如此仔细讨论，当然是大有好处的。《新华文摘》四月号采收我在香港刊物上发表的一篇文章，中有论及译诗语，引了德美两位诗人的话，都很 *flippant*，但一般人都不知道，也许稍有一新耳目之小作用。请检阅供一笑。"*veiled*""*basks*"似乎把原句太 *flesh out*；"*as...as*"似乎未达原句的 *paradox*。但原句确乎无法译，只好 *belle infidele* 而已。匆复即颂

　　暑安

钱锺书上　八月十一日夜

钱先生在信中随手拈来英法德三种文字：德文如 *praktizismus*（实用主义），英文如 *The proof* 句（布丁要吃了才知味），*flippant*（能说会道），*flesh out*（有血有肉，形象生动），*veiled*（戴面纱，笼罩在），*basks*（晒太阳，后改 *enjoys*），*paradox*（似非而是，奇谈怪论），法文如 *belle infidele*，是说美丽的妻子不忠实，忠实的妻子不美丽，我译的诗就是一个不忠实的美人。外文用得非常巧妙。

　　1982 年陕西人民出版社计划出版我译的《唐诗一百五十首》，要我请钱先生题签，我就去信请他为《唐诗》和《唐宋词》两书题写书名，得到他加盖了"钱锺书默存印"的题签和下面的回信，高兴得不得了。

渊冲同志：

　　去冬得函，适以避地了文债，遂羁奉复，歉甚。属题两签，写就附上，如不合用，弃掷可也。献岁发春，敬祝

撰译弘多，声名康泰。草此即致

敬礼。

钱锺书上　杨绛同候　二十二日

得到钱先生的题签，我立刻把《汉英对照唐诗一百五十首》那一张寄去西安，出版社回信说：还要补写"许渊冲译"四字。我不好意思再麻烦钱先生，就把信封上的名字加上信中剪下的"译"字寄去；信封丢了，不知道信中的"去冬"是指1981年还是1982年，也不记得月份，只好放在1982年信的后面。至于《唐宋词》那一张，我寄去了上海，后来得到出版社信，说是征订数字不够，不能出版，题签也弄丢了，真对不起钱先生，但是书却改由香港出版。

　　钱先生在1982年8月11日信中提到的《新华文摘》的文章，我在《国外文学》1982年第一期中找到了。文中引用了美国诗人Robert Frost给诗下的定义："诗就是'在翻译中丧失掉的东西'（*what gets lost in translation*）"。我读后不同意，认为译诗是有得有失，可以以创补失的，就写了一篇《文学翻译等于创作》。文中举了林纾的译文为例，说"钟声丁丁时，正吾开口作呱呱之声"一句中，"丁丁"和"呱呱"就是以创补失，因为原文并没有这几个字，加字后使人如闻其声，更加生动，而这就是创作。钱先生在信中说："戴面纱，晒太阳，"用字太形象化；又说："情郎唱歌有情还是无情，就像天晴又在下雨一样，"没有传达原文似非而是的口气；说得都非常对，可见他把传真看得重于求美，认为翻译不是创作，这和我的意见不同。我把文章写完，就寄到上海《外国语》去了。

1983 年 8 月，我来北京大学西语系任客座教授，为研究生讲《唐宋诗词英译》课。那时钱先生任中国社会科学院副院长，我就问他能否调我去社科院。他回信要我找外国文学研究所卞之琳先生。我把信转给卞先生，没有留复印件，信的全文就不记得了。《外国语》发表我的文章后，我又写信给钱先生，得到他1983 年 12 月 3 日回信说：

渊冲同志：

来信敬悉。上海《外国语》每斯赠阅，故大作已于星期一拜读；抉剔佳处，既精细亦公允。至于译诗一事，则各尊所闻，不必强同；我今年中美双边比较文学会议开幕词所谓："*The participants need not be in unison and are reasonably content with something like Concordia discors. Unisson, after all, may very well be not only a synonym of, but also a euphemism for, monotony.*" 诗不能译，其论发于但丁，我文中注脚已拈出，而 *Frost* 与 *Morgenstern* 两人语 *quotable*，中国人少知者，故特标举之，并不奉为金科玉律也。（三人皆大诗人，*Morgenstern* 之名似国内尚无道者！）内人下周自欧洲归，家中杂事颇忙。大驾于星期五下午三

时惠过，作一小时晤谈何如？余容面罄，即致

敬礼！

钱锺书上　三日（星期六午）

钱先生外文开幕词中说："与会者用不着意见一致，同中存异是理所当然的。说到底，一致不但是单调的同义语，而且是单调的婉转说法。"这话又是惊人妙语，也代表了他的学术思想和态度：他一方面说诗不可译，另一方面又不把这话当作金科玉律，因此他主张"各尊所闻，不必强同"。

3月9日下午3时，我同内子照君去三里河拜访钱先生。他一见照君，可能是想起了五十年前我上他的课时，喜欢坐在漂亮的女同学周颜玉旁边，就开玩笑似地问我："你这个漂亮的夫人是哪里找到的？"我告诉他照君原是外国语学院的学生，1948年参了军，她的名字还是毛泽东改的呢。我见钱先生不像70多岁的老人，头发也没有白。他就笑着用法文说："*La tête d'un fou ne blanchit pas.*"（傻瓜的头是不会白的）我赶快说："那么，天下就没有聪明人了。"接着，他告诉我："他在社科院只是个挂名的副院长，一不上班，二不开会，三不签阅文件，所以头也不白，但是对我调动的事无能为力。"我就谈到北京大学的情况。钱先生说："现在有一个 *value*（价值）和 *price*（价格）不平衡的问题。价格高的人见到价值高的人就要退避三舍。"我们也讨论了译诗传真和求美的矛盾，钱先生说："这个问题我说服不了你，

你也说服不了我，还是各自保留意见吧。"可见他的学者风度。

说来也巧，那时北京大学新成立了一个国际文化系，正找不到教授，于是我就转去教"中西文化比较"和"中英互译"课。1984 年西安出版了我英译的《唐诗一百五十首》，中国翻译公司又出版了我的《翻译的艺术》论文集，我各寄了一本给钱先生，得到他 1985 年 4 月 16 日的来信如后。

渊冲先生教席：

奉到惠赐尊译唐诗及大著论译两册，感刻感刻。二书如羽翼之相辅，星月之交辉。足征非知者不能行，非行者不能知；空谈理论与盲目实践，皆当废然自失矣。拙字甚劣，佛头着秽，罪过罪过。专此复谢，即颂

俪祉。

钱锺书敬上　十六日夜

钱先生信中说到的星月，自然是客气话。但是谈到知行关系，却是真知灼见，切中时弊。20 世纪中国的翻译理论界，大多是从西方语言学派摘取片言只字，用于中文，并无多少实践经验，更无杰出成果。却妄自尊大，说要指导别人的翻译实践，结果使翻译腔横行了一个世纪，流毒无穷。他们不知道西方语言学派只能解决西方拼音文字之间的矛盾，不能解决西方与东方象形文字之间的问题。有史以来，没有一个西方学者出版过一本中西互译的

文学作品，"非行者不能知"，他们如何提得出中西文字互译的理论呢？假如根据"对等"的通论来指导中国的文学翻译实践，那不是把得到国内外好评的译本改坏，颠倒是非了吗？自从"文化大革命"以来，中国的外文水平和翻译水平都下降了。不少译者、评者、编者都到了好坏不分的地步。因此，钱先生说的"非知者不能行，非行者不能知"，就显得特别重要了。

1986年北京大学举行首届学术研究成果评奖，钱先生题签的《唐诗一百五十首》得到了著作一等奖，我写信告诉他，并且感谢他在一片批评声中对我的支持鼓励。得到他7月17日的回信如下：

渊冲我兄文几：

奉函悉尊译获奖，实至名归，当仁不让，弟无与也。贱躯自去冬即苦血压偏高，服药数月，升落不恒，殊欠平稳。院方及医师皆嘱节力省事，谢客辞邀。台命不克负荷，歉甚。幸谅宥之。草复即颂

俪安

钱锺书敬上　十七日

信中提到的"实至名归"，在我看来，实指价值，名指价格。"实至名归"就是价值与价格统一。这话似乎理所当然，但在生活中却不尽然，常有价格高于价值的现象。如果价格高而价值低的人

当了权，那就一定会压制价值高于他而价格低于他的人，于是劣币就驱逐良币了，所以实至并不一定名归。

1987 年四川出版了我英译的《李白诗选一百首》，我寄了一本给钱先生，得到他 1988 年 8 月 11 日来信说：

> 渊冲教授大鉴：
>
> 　　顷奉惠寄尊译青莲诗选，甚感。太白能通夷语，明人小说中敷陈其"草写吓蛮书"，惜其尚未及解红毛鬼子语文，不然，与君苟并世，必莫逆于心耳。专此致谢，即颂
> 　　暑安
>
> 　　　　　　　　　钱锺书上　杨绛同候　十一日

钱先生信中提到明朝人的小说《今古奇观》中有一篇《李白醉写吓蛮书》的故事，说唐朝有一个蛮夷之邦，用夷文写了一封信给唐天子，说是如果堂堂天朝没有人懂夷文，他们就不再进贡了。满朝文武大惊失色，不知如何是好。幸亏李白生于西域，能通夷语，要天子送上酒来，喝得大醉之后，立刻用夷文写了一封回信，蛮夷才肯俯首称臣。钱先生和我开玩笑，说可惜李白不懂英文，假如活到今天，那一定会和我成为无话不谈的好朋友。钱先生似乎有先见之明，20 世纪 90 年代德国交响乐团访问北京，演奏了马勒的《大地之歌》，第二三乐章是根据法国戈谢翻译的唐诗改写的，但是中国诗词学者研究了一年，毫无结果。第二乐

章的作者是张继，我根据第一句的"霜"字猜出是"月落乌啼霜满天"，第二句的"心上秋"合成"愁"，是"江枫渔火对愁眠"，断定第二乐章是张继的《枫桥夜泊》；又根据"玉虎"合成"琥"而猜出"玉碗盛来琥珀光"，并断定第三乐章是李白的《客中作》。详细情况就写在《破译大地之歌》中了。

1987年外文出版社出版了我译成法文的《唐宋词选一百首》，我寄了一本给钱先生，得到他1988年10月23日的回信如下：

渊冲译才我兄大鉴：

奉到惠赐唐宋词法译本，感谢之至。足下译著兼诗词两体制，英法两语种，如十八般武艺之有双枪将，左右开弓手矣！钦佩钦佩！专复即颂

俪安

钱锺书上　杨绛同候　二十三日

钱先生戏称我为"译才"，他在《林纾的翻译》中说过："我记得见过康有为'译才并世称严林（严复、林纾）'那首诗……严复一向瞧不起林纾，看见那首诗，就说康有为胡闹，天下哪有一个外国字也不认识的'译才'，自己真羞与为伍。"钱先生又说："文人好名争名，历来是个笑话；只要不发展成为无情无耻的倾轧和陷害，它终还算得'人间喜剧'里一个情景轻松的场面。"严复还只羞与林纾为伍，到了我们这一代，就发展到价格高的人

压制价值高的人了。钱先生还戏称我为"双枪将"，那是指《水浒》中的董平。《水浒》中的五虎上将是：大刀关胜、豹子头林冲、霹雳火秦明、双鞭呼延灼、双枪将董平。董平是第五位，假如上升到第一位，会不会受到大刀关胜的排挤呢！

1987 年香港商务印书馆出版了我主编的《唐诗三百首》韵译本。约稿时商务要我邀请全国名家共襄盛举，我第一个想到的是钱先生，他 1986 年 7 月 17 日信中说的"台命不克负荷"，可能是指这件事。于是我又请他的学生，联大 1939 年毕业的五虎上将参与，按年龄顺序。他们是：许国璋、杨周翰、王佐良、周珏良、李赋宁。许国璋出版《英语》教材出了名，他翻译诗不肯受押韵的限制。杨周翰是中国比较文学会会长，他选译了五首最短的绝句。王佐良是英语教学研究会会长，他说这是百家争鸣，译得不好拿不出去。周珏良说他只能英译中，不能中译英。李赋宁是北京大学西语系主任，他和许国璋相反，不怕押韵的限制，韵脚用得比原诗还更多。书出版后，1988 年由中国翻译公司重印。我送了一本给钱先生，得到他 1989 年 4 月 7 日来信说：

渊冲我兄大鉴：

承惠尊编唐诗译集，感感！读题记不觉哑然。报章杂志之言何可全信？观新咏想见逸兴遄飞，衰老病翁羡杀

矣！草此复谢，即叩

近安

钱锺书上　杨绛同候　七日

信中说的"题记"，是我看到杂志上登了钱杨二位的合影，并说钱老手不释卷，令人敬佩，我就写在《题记》中了。没想到会引起先生的反感，可见我对他所说的"不三不四之闲人，不痛不痒之废话"，体会不深。至于"新咏"，是我写在扉页上的诗：

湖畔杨柳先得春，枝头黄鹂三两声。
欲假诗词双飞翼，吹绿万里纽约城。

The lakeside willows are the first to drink in spring; On leafy branches some ancient orioles sing. With dewdrops dripping from their warbling songs of yore, I'd fly ten thousands miles to green the western shore.

英文和中文有不同之处：英文第二行中的"黄鹂"前加了"古老的"，表示鸟唱的是唐声；第三行就是把唐诗中的字字珠玑比作甘露了。希望唐诗的甘霖能飞越万里，去滋润西方的文化荒原。

1990 年北京新世界出版社和英国企鹅图书公司要出版我英译的《中国古诗词六百首》，想请钱先生题签书名。我只好又写信去麻烦他，并告诉他我为《钱锺书研究》写文章的事，不料他拇指不方便，不能写毛笔字，只在 8 月 8 日用钢笔回了我一封信。

渊冲吾兄文几：

奉书知又有新译问世，忻慰之至。弟三年前大病以来，诸患缠身。日与药饵为缘，半载前右拇指忽痉挛，不能作字，多方治疗，近始可以钢笔涂鸦，而用毛笔，则如苍蝇摇石柱。大约天罚我东涂西抹，敬请免其献丑，感恩不尽。拙著何足挂齿，乃承借作题目，发为鸿文，惭惶何极！草复即颂

暑安

钱锺书上　杨绛并候　八日午

1990 年底，钱先生八十大寿，我送上北京大学新出版的《唐宋词一百五十首》一本，并且写上"恭贺八十华诞"字样，得到他 12 月 16 日用钢笔写的回信如下：

渊冲学兄译席：

奉到惠赐新译，贱辰何足道，乃蒙以大作相馈，老夫真如欺骗财物矣！谢谢。《×××研究》本期有尊著一篇，

多溢美失实之词，读之愧汗。拙函示众，尤出意外；国内写稿人于此等处尚不甚讲究，倘在资本主义国家，便引起口舌矣。一笑。专复即叩

冬安

钱锺书上　十六日

钱先生每次收到赠书，都来信道谢，这次八十寿辰献礼，他反说是"真如欺骗财物"，可见他多么不喜欢过生日祝寿这些俗套，也可见我多么不理解他对"不明不白的冤钱"的厌恶心情。信中提到的《×××研究》指的是《钱锺书研究》，我在书中写了一篇《钱锺书先生及译诗》，文中引用了他1976年3月29日谈到"有色玻璃"的那封信，不料他回信说我是把他的信"示众"。自从20世纪50年代我回国后，见文章引用别人信中的话（只要不是歪曲）已是常事，所以我奇怪他怎么还在乎资本主义国家的隐私权。其实在内心深处，我认为"无色玻璃"和"有色玻璃"的翻译已经是20世纪中国翻译界争论的一个大问题，并不是他和我之间的私事，不能算是"示众"。但是为了尊重老师的意见，当《钱锺书研究》的编者来信约稿，要发表钱先生的墨宝时，我就写信去征求他的同意，告诉他《古诗词六百首》英译的事，并问他李商隐的"春蚕到死丝方尽"如何译成法文，才能保存双关意义，得到他1991年7月12日的回信如下。

渊冲学弟文几：

来函奉悉。大译陆续问世，可喜可贺。"*Song of the Immortals*" 书名不甚惬鄙意。"*Immortals*" 等字皆 *Asiatic or Babu English* 气味甚浓，而 "*Song*"，单数尤不可理解，岂大合唱一歌耶？*captious carping.* 聊供参考。衰老病痛，只求不增剧，已为大幸，复元乃痴想奢望。右拇仍不便，天之罚我多为人题签也。

所言该刊物闻内部分裂，不知写信向弟索稿者代表何部分。我于第二期出版前，通知该刊凡发表我 "未刊" 稿，须先得我同意；该刊负责人来信允诺。现在出版法已公布，此事更非等闲。我与弟除寻常通信外，并无所谓 "墨宝"，通信如此之类……皆不值得 "发表"。*"No can do", to use the pidgin English formula.*

李商隐句着眼在 "到" 与 "方"，其意译成散文为 "*Le ver ne cesse d'effiler la soie qu'à la mort,*" 韵文有节律，须弟大笔自推敲耳。草复即颂

暑安

钱锺书上　七月十二日

信中提到的 "*Song of the Immortals*"（不朽之歌），是美国女专家

给《古诗词六百首》取的英文名字，我写信去问她，她说《圣经》中的 *Song of Songs or Song of Solomon* 也是单数，并不是大合唱；"不朽"更不能算是亚洲英语或印度英语，英国大诗人雪莱就在悼念济慈的 *Adonais* 一诗中用了 *the Sire of an immortal strain*，正是"不朽诗歌之父"的意思。但是英国企鹅图书公司出版我的《古诗词三百首》时，却把 *Song* 改成复数 *Songs*，可见这是见仁见智的问题，钱先生也不算 *captious carping*（吹毛求疵）。信中提到的"该刊物"就是《钱锺书研究》，我后来把钱先生这封信的复印件寄给该刊编者去了。信中还用了一句洋泾浜英语"不能做"，可见他是雅俗并用的。雅句如李商隐的"春蚕到死丝方尽"，他的法译文是无色玻璃般的，我认为是 1+1=2 式的翻译；关于节律，他要我自行推敲，我就用有色玻璃的译法改成：*Le ver meurt de soif d'amour, sa soie épuisée.* 原文"丝"又暗指"相思"，我把丝字译成 *soie*，再把相思译成 *soif d'amour*（渴望爱情），而 *soie* 和 *soif* 声音一样，这真是巧合了！译后喜不自胜，以为这是 1+1>2 的译法，简直可以说是巧夺天工。但钱先生说我们的通信是寻常书信，不值得发表。果真如此，那 20 世纪就没有人翻得出这样的妙译了，岂不遗恨千古！记得钱先生说过：有人利用他是借钟馗打鬼，可能我也包括在内。他是少年得志，功成名就，不知道受压一生的人多么需要钟馗？没有他的嘉勉，我怎能把鬼打倒在地！

我的联大同学何兆武来信说："钱锺书先生眼高手高，于并世学人甚少称许，独于足下称道不已，诚可谓可以不朽矣。"他不知道钱先生对我是既有嘉勉，又有鞭策的。至于是否不朽，要看个人的德言功业了，毛泽东说得好：外因通过内因起作用嘛！

我所知道的柳无忌教授

柳无忌先生1907年生于江苏吴县，是爱国诗人柳亚子先生的长子。他5岁时开始熟读《左传精华》《史记》《古文观止》《诗经》《唐诗三百首》等，并能背诵全部诗文。高小时开始读旧小说：《三国》《水浒》《说唐》《征东》等历史故事；《西游》《封神》等神话小说；《包公案》《彭公案》等侦探小说；《七侠五义》《小五义》等武侠小说，觉得这些紧张奇异的故事，非常引人入胜。那时他年纪太小，对书中绘声绘色的描写和诗词韵文，却认为是多余的；对《红楼梦》等言情小说，也不感兴趣。在高小时，他还开始读英文，生字学了不少，并死背过《纳氏英文法》的定义。暑假期间还请了上海沪江大学的女学生做家庭教师，补习英语。柳无忌在《古稀人话青少年》一文中说：教师的"英文程度好，读音准，软熟的吴音英语确是悦耳好听，实使幼年的我为之神往不止。"这就使他从小打好了英语的基础。那时他还读过林纾翻译的西洋小说，如《鲁滨逊漂流记》《双城记》《块肉余生记》等。但最使他向往的是"一连串福尔摩斯的侦探小说，故事情节的奇异有如公案……"后来他又读了一些原文小说，这更使他打好了英文文字的基础。

高小毕业之后，他进了上海圣约翰青年会学校，学习两年，成绩最好，得到好多奖章奖状，以第一名获全部奖学金入圣约翰中学。那时最使他骄傲的，是英文程度已经高出上海洋学堂出来的学生。在圣约翰中学和大学读书时，许多老师都是外国人。国文教师是中国人，在教会学校不受重视。直到他在大一时，来了一位国学大师钱基博，是钱锺书的父亲，才受到大家的尊敬。柳无忌在《古稀人话青少年》中说：那时"我也起始大量阅读新文学书籍，最喜好一些有浪漫与感伤成分的作品，如郁达夫的《沉沦》，郭沫若的《落叶》与翻译的《少年维特之烦恼》。这时的新诗我并不欢喜，以为《尝试集》旧诗的味道太重，而与此相反的，《女神》又太洋化，混杂了好些外国字与西洋典故，不易消化。康白情与俞平伯的新诗，不过平平白白而已。至于汪静之的爱情诗，行句中大量的'接吻'，颇为新颖，但怎么能说是诗呢？正如张资平的三角恋爱故事，以投合一般读者的低级趣味为能事，如何能说是小说呢？"由此可见他在学生时代已经养成了文学批评的精神。

1925年上海发生了五卅惨案，圣约翰大学的学生罢课，提出抗议。那时柳无忌18岁，悲愤地离开了学校。幸亏清华学堂那一年改为大学，需要资金，凡愿捐赠5000元的家长可以送子弟入学。这样，他就插班入了清华大学三年级。他的同班同学后来成了联大外文系教授的有赵诏熊、陈铨、吴达元、杨业治等：

比他高两班的有闻一多、梁实秋、孙大雨、顾毓秀等。那时教他国文的是朱自清，他写了一篇两万多字的论文比较李白和杜甫，得到朱先生的赞赏。当时清华最有名的教授是梁启超和王国维，他问梁先生《班定远平西域记》的作者曼殊室主人是不是苏曼殊？不料梁先生告诉他：他本人就是《平西域》剧本的作者。至于王国维，柳无忌因为受了新潮流的影响，对他并没有好感，尤其不满意他那条象征满清奴才的辫子。但在这些新老教授和同学们的熏陶之下，柳无忌这一代人成了学贯中西的知识分子。

对于清华大学，柳无忌认为梅贻琦校长的贡献远比其他校长为大。他在《张梅两校长印象记》一文中说："1908 年，梅贻琦考取首批清华庚款留美学生，比张彭春、胡适、赵元任早一年。""清华能在 1930—1940 年代追上北大，同为中国最高学府（……就是在文学院方面，清华也足以与北大抗衡，而理工学院更优越于其他学院），梅校长是数一数二的功臣。"

柳无忌在清华毕业后，1927 年去美国留学，先后入了劳伦斯大学和耶鲁大学。耶鲁的同学后来成了联大历史系教授的有皮名举。在耶鲁时，柳无忌一天只吃两顿，早餐与晚餐，偶尔饿了，就到附近一些点心店，吃一点东西充饥。他最爱好英国浪漫派诗人，特别是雪莱，他自己的诗文也深受浪漫派的影响，情感奔放，风格华丽，花样繁多，描写细致。他在耶鲁的博士论文就是研究雪莱当年与死后在英国的文学名声的。1931 年取得博士学位后，他去伦敦游学，和朱自清先生同住在"维多利亚时代的上流夫人"家里，并同夫人小姐共进早餐晚餐。他去伦敦西部参观了雪莱的故居。那是一个小镇，很少外国人去，故居大门紧闭，只在门口有一个小牌子标明。他更喜欢去浪漫诗人济慈的故居，济慈曾在那里为他热爱的情人写下了一些有名的诗篇，留下了一些遗物和诗稿。据说有一天晚上他听到了夜莺的鸣声，沉浸在想象之中，忘怀了生命的孤寂与悲哀，就写下了那首不朽的《夜莺曲》。柳无忌是在伦敦结婚的，婚后还同朱自清去瑞士游了雪山，登山的费用太大，要花半个月的清华官费，结果只有朱先生一个人登上了少妇峰。他们三人还同去了意大利，参观了庞贝古城的遗迹，玩得很好，增加了不少见闻，然后三人乘船经红海和印度洋回国。

1932 年起，柳无忌任南开大学教授，是第一位外文系主任。1937 年卢沟桥事变。南开与北大、清华迁到湖南，成立长沙临时大学，文学院在南岳。柳无忌写了 80 天的《南岳日记》，是非常难得的历史文献，现在摘抄如下：

11 月 16 日　功课已排就。我有"英国文学史""英国戏剧""现代英国文学"三门，共 8 小时。功课并不轻，将来就要忙碌了。

11 月 19 日　昨日开学。今晨 7 时起，上英国戏剧及文学史二课。戏剧班有学生 30 余人，文学史班到 14 人，没有书可读，没有书参考，连黑板都没有……下午及晚上读戏剧二部：易卜生之《国民公敌》……剧中有名句曰："世上最强之人，亦即最孤独之人。"

11 月 24 日　编英国戏剧讲义，此将为我在山之主要工作。阅《金库诗选》，诵拜伦、雪莱诸诗……这几首诗十几年前都熟读能背诵，今则已生疏了。

12 月 1 日　日来饭食甚佳，真乃"人生一乐"。同事容肇祖作打油诗数首，套时在此楼居住之人士，颇饶兴趣，借录如下：

冯阑雅趣竞如何（冯友兰）　闻一由来未见多（闻一多）

性缓佩弦犹可及（朱佩弦）　愿公超上莫蹉跎（叶公超）

鼎沈洛水是耶非（沈有鼎）　秉璧犹能完璧归（郑秉璧）

养士三千江上浦（浦江清）　无忌何时破赵围（柳无忌）

从容先着祖生鞭（容肇祖）　未达元希扫虏烟（吴达元）

久旱苍生望岳霖（金岳霖）　谁能济世与寿民（刘寿民）

汉家重见王业治（杨业治）　堂前燕子亦卜孙（燕卜孙）

佣人买物归，为我购得鸡子 36 枚，橘子 39 只，花生一大包，共费洋一元。

12 月 11 日　太阳好，星期六，正是游山天气……名胜美景，固不可不游，但游后兴尽而归，亦不过如是。唯有将此胜景留在想象之中，使成为甜蜜的欲望，欲望既未能达到，甜蜜遂长存于心头，不时憧憬之，嚼玩之，其味乃无穷矣。

12月14日　公超自长沙返，带来我的衣服、书、讲演稿一大包，大乐。

12月22日　搬至下面宿舍居住，四人同房（我们的房间是佩弦师、江清、皑岚及我），一室四床、二桌、四椅，无徘徊余地了。

今日校中公布空袭警报规定。九时三刻在戏剧班上课，忽闻机声轧轧甚近。教室外学生走动甚多，听讲者面呈不安色。告以如愿者，可以自由离室，但无人出去，结果仍维持至九时五十五分散课。安然无事。

1938年元旦　昨晚在山中过除夕。参加文院师生联欢会，还算热闹。散会后与佩弦师、江清、雪屏作桥戏共三局，至十二时一刻，已到今年，始睡。

正月17日　今日有消息：临大迁昆明事已作最后决定。据云下月初即开始搬校，学生步行经贵阳去滇，教授可以自由行动，定于3月15日在昆集会。

正月20日　大睡之下，9时起，无课一身轻。考试结束，教务已毕。

从《南岳日记》看来，文学院不是11月1日开学，而是11月18日才开始上课，第二年1月20日就结束的。前后只有两个月多一点，物质条件贫乏得不得了，精神状态却可以说是了不得，所以学校办成了世界一流大学。

1938 年学校迁到昆明，改名国立西南联合大学，外文系主任是叶公超。据柳无忌说：叶主任是无为而治，他不记得外文系开过系务会议。但叶主任分配柳先生教 N 组大一英文时（杨振宁和我都在这一组），柳先生没有来，却是叶先生代他上课的，可见叶先生是有所不为而有所为了。

柳先生在联大开了"英国文学史"和"西洋戏剧"等课。讲文学史时，他第一谈到希腊艺术的影响，希腊人把形式美和人体美看成至上的理想。所以文学要争取美的形式。第二谈到基督教如何影响西方人对人生的态度，这种态度又如何表现在文学中。如对圣母马利亚的宗教热忱扩大成了对一切妇女的尊敬，到了乔叟诗中，更成了对女性的浪漫憧憬，为情人忍受一切牺牲的理想。到了斯宾塞的《仙后》中，仙后就成了代表一切理想的美德，几乎和圣母一样值得崇拜。从此以后，恋爱成了文学的主题。最近一百年来，欧美可以说是成了科学世界。达尔文的进化论动摇了宗教信仰，浪漫的气氛消失了，科学对文学的写作方法起了决定性的影响，表现在写实主义和心理分析上，这从乔伊斯和伍尔芙等的作品中都可以看得出来。总之，柳先生认为希腊的审美观，基督教的教义，科学的人生观，是支持西洋文学的三大支柱。

至于西洋戏剧，柳先生把典型的五幕剧归纳如下：

　　第一幕叙述背景，供给剧情。

　　第二幕动作起始，故事发展，事态变为复杂。

　　第三、四幕危机，奇情，以至顶点。为全剧最紧张亦最动人的部分。

　　第五幕动作松弛，剧终幕下。

　　1940 年，叶公超离开联大，去新加坡任外交部专员，遗下外文系主任之职，由柳无忌代理。到了秋天，柳先生也离开联大，到重庆中央大学去了。在中大时，他编了一套《现代英语》，联大先修班也曾采用。书中有些课文是其他课本没有采用过的，如 The Hand（《手》），Invisible Wound（《隐痛》），The Bet（《赌》）等，很有新意。如《手》中说笔和枪都是手的延伸；《赌》讲一个故事，说富翁和一个穷书生打赌，如果书生愿在监狱中关上十年，出狱时富翁愿给他十万元。不料期满之前富翁破产了，要去谋杀书生。更不料书生在狱中读书大彻大悟，不到期就出狱了，不要十万元却保住了性命。《现代英语》的编写为柳无忌后来的编书工作打下了良好的基础。

　　1946 年抗战胜利后，柳先生再度去美国，主要在印第安纳大学教中国文学，和 50 多位中美师生合编了一本中国三千年诗选，书名是《葵晔集》（Sunflower Splendor），今天美国各大学的中国文学教授，多半都是该书的合作者，如哈佛大学的 Hight Ower, Owen，加州大学的 West，北卡州大学的 Kroll，印第安纳

大学的 *Bryant* 等人，而柳先生是该书的主编，所以可以说他是中美文化交流的一大功臣。

2002 年 10 月，柳先生以 95 岁高龄辞世。在联大外文系已故的教授中，除温德先生（*Mr.Winter*）外，他是享寿最高的。他在联大和美国的学生，正在继承他所参与开发的中西文化交流事业，使世界文化变得更加灿烂辉煌，以告慰柳先生在天之灵。

梅校长一家和我

去年年底，梅祖彦告诉我：柳无忌先生在美国去世了。他要我写一篇纪念的文字。今年年初，我把文章给他。不料《联大校友简讯》发表之后，却得到祖彦去世的消息。回想祖彦一家，和联大关系非常密切；而我又在联大前后八年：前四年在外文系，毕业前去美国志愿空军飞虎队做了一年翻译，毕业后又考取了清华研究院，还兼了一个学期的半时助教，可以算是和联大同始终的了。回想联大八年，三位常委之中，给我印象最深刻的，还是清华大学的梅贻琦校长。

联大三位常委我都见过。第一位见到的是北大蒋梦麟校长。入联大前，我就读过他翻译的美国总统威尔逊欧战时的演说辞。据说孙中山对他在报上发表的文章很欣赏。我在书中看到他的照片，穿西服，戴眼镜，比较洋气。不料他对联大新生训话时穿的却是长袍，讲话浙江口音很重，内容也和学术无关，只是告诫新生要守校规。所以使我觉得有点失望，认为并不比中学校长的水平更高。杨振宁也该听过那次训话，不知道他是否还有印象。

第二次见到蒋校长是在昆华农校的足球场上体育课时，听见马约翰教授和一个老师说英语，一看却是蒋校长。马老满头银发，蒋校长却戴着礼帽；马老目光炯炯有神，蒋校长却戴着金边眼镜，微微含笑；马老上身穿深色西服，下身穿浅色灯笼裤，双手握拳；蒋校长却穿着长衫，拿着手杖。马老健壮溢于言表，蒋校长却瘦削而含蓄不露。两人形成了鲜明的对比。蒋校长代表的是北大的传统文化，马老代表的是清华自强不息的精神。

第三次见到蒋校长是在新校舍图书馆前的广场上。那是1939年12月1日上午。刚好是"一二·一运动"前六年。那时国民政府的教育部长陈立夫来联大，由蒋校长陪同对全体师生讲话。两人都穿长袍马褂，那是当时的礼服；两人说话都是浙江口音。先由蒋校长作简短的介绍，然后陈立夫才致词。记得他讲的是一个和尚化缘修庙的故事，有点像武训乞讨施舍来办义学一样。他用这个故事来说明有志者事竟成的道理，也试图用孙中山的"唯生论"来解决唯心论和唯物论的矛盾。讲后两人都回重庆去了。

南开大学的张伯苓校长我只见过一次。他来昆明时，联大剧团表示欢迎，在新校舍第二食堂演出话剧。但是食堂没有凳子，只好把图书馆的长凳搬去。不料晚上来图书馆看书的同学没有凳子坐，要去看戏又没有票，于是就去食堂搬凳子，结果扰乱了剧场的秩序。第二天张校长在昆华中学北院操场上讲话，梅校长陪同站在旁边。张校长批评了扰乱秩序的学生，说大家喜欢看戏，他可以请周恩来到联大来演出。周恩来和梅贻琦都是南开中

学的毕业生，周恩来在南开常演话剧，并且反串女角。因为那时
中国话剧还处在莎士比亚时代，女角多由男同学扮演，所以周恩
来和曹禺都反串过。到了联大时代，已经男女各就各位，中文系
的王年芳演过莫里哀喜剧中装腔作势的才女，外文系的张苏生演
过英文剧《锁着的箱子》中救人脱险的主妇，历史系的张定华更
演过曹禺《原野》或《黑字二十八》中的女角。

张校长提到梅校长时，称他为月涵，说他是南开中学第一
班第一名，后来又是清华第一批留美生。据说 1937 年"七七事
变"，日本侵略军占领北平、天津后，北大、清华、南开奉命南
迁，组成长沙临时大学。三位常委来长沙视察临时大学的校舍。
校舍原是兵营，几十个学生住一间，非常拥挤，很难安心学习。
蒋校长看了直摇头，说是他不愿让他自己的儿子住这样的房子。
张校长却相反，说他倒要他的子女来这里住，因为艰苦的环境才
好锻炼坚强的性格。由此可以看出张校长艰苦奋斗的精神。

梅校长在联大的时间最多，经常看见他穿一套灰色西服，
或是一件深色长袍，从西仓坡清华办事处经过昆中北院，再走豁
口到新校舍来。有时空袭警报响了，他也和同学们一起到新校舍
北面的坟山中躲警报。有一次我看见他后面一个跑警报的军人嫌
他走得太慢，居然用手把他推开。据说蒋校长在重庆躲警报时也
受到过军人的欺侮，蒋校长就拿出随身携带的蒋介石的请帖来，
军人赶快赔礼。可见蒋校长更会做官。

蒋介石也请过梅校长吃饭。《梅贻琦日记》1946 年 6 月 25

日中有记载："余问：'主席（指蒋介石）看北方局面是否可无问题？'答：'吾们不能说一定，或者不致有大问题。'言时笑容可掬。其或笑余之憨，余亦故为此问也。"简简单单几句话，却写出了蒋介石的声音笑貌，可见蒋介石在解放战争前夕，对华北局势并无把握。其实梅校长担心的，在1945年10月28日的日记中已有记载："倘国共问题不得解决，则校内师生意见更将分歧……民主自由又将如何解释？学术自由又将如何保持？使人忧惊？"11月5日又说："对于校局则以为应追随蔡孑民先生兼容并包之态度，以克尽学术自由之使命。昔日之所谓新旧，今日之所谓左右。其在学校均应予以自由探讨之机会，情况正同。此昔日北大之所以为北大，而将来清华之为清华正应于此注意也。"

事过50多年，现在看来，梅校长当时担忧的学术自由问题，的确是中国文化教育的前进方向。当时联大校内师生意见的分歧，体现在闻一多先生和中文系学生汪曾祺身上。汪曾祺当时对政治基本不闻不问，甚至对闻先生参与政治的做法有些不以为然，觉得文人就应该专心从文。闻先生对他的精神状态十分不满，痛斥了他一顿。他写信给闻先生说：闻先生对他"俯冲"了一通，并且对闻先生参与政治的做法直截了当地提出了不同的意见。闻先生回信说：汪曾祺对他"高射"了一通。这"俯冲"和"高射"就代表了联大师生对学术自由的不同看法。

我对梅校长印象最深的，是他在新校舍第一食堂的讲话，记得内容大致是说：学生的主要任务是读书，不是参加政治活动。看来他是支持汪曾祺，不赞成闻一多先生的。但在1941年美国志愿空军来华参加抗日战争，需要英文翻译时，他却号召联大外文系三四年级的男同学参军，去完成这一政治任务。到了1944年，他更号召全校四年级男学生一律参军去做翻译，连他的女儿祖彤也随军去做护士，祖彦还不到四年级，却提前参了军。大型历史文献片《西南联大启示录》有一张照片，就是我们欢送1944级外文系彭国涛去美国十四航空队，经济系熊中煜去史迪威炮兵司令部，电机系孙永明去缅甸孙立人军中当翻译的。我在美国志愿空军机要秘书室做翻译时，梅校长来秘书室了解联大同学工作的情况，告诉我要回校再读一年，才能毕业。这两点对我关系很大。因为进步同学如彭国涛，积极参加政治活动，在国民党时期受到迫害，解放后成了领导干部，"反右"时因为执行校长职权，免了一个干部的职，结果被打成"右派"。而我只走"白专道路"，虽然受到批斗，却没有戴帽子，这真是不幸中的大幸。参军后回联大，如果没回，像一些美军翻译一样去了美国，而美国出版的中国诗词英译本都是自由体的，我有韵的译本也许根本出不来，那反而会成为中国文化的损失了。

　　1949年，梅校长来巴黎出席联合国教科文组织的会议，我们几个在巴黎大学的联大校友陪他去参观了卢浮宫、凡尔赛宫、枫丹白露宫，去歌剧院听了歌剧，在香榭丽舍大道露天咖啡馆喝了咖啡。晚上我们还请梅校长在金龙酒家晚餐。记得梅校长慢吞吞地讲了一个笑话：说有些人谈到怕老婆的故事。有一个人说：

"怕老婆的坐到右边去，不怕的留在左边。"结果大家都往右坐，只有一个人不动。大家问他怎么不怕老婆？他回答说："老婆叫我不要到人多的地方去。"那时北京已经解放，清华师生几乎全都留校。梅校长这个笑话有没有流露他当时的心情呢？从此以后，我就没有再见到梅校长了。

至于梅校长的子女，我除了和祖彤、祖彦一样参了军外，参军回校后还和他们的大姐祖彬同上外文系四年级。外文系要演出英文剧《鞋匠的节日》，写一个发国难财的鞋匠当了伦敦市长的故事，由彭国涛、金隄、万淮等演鞋匠，我演一个花花公子，爱上了一个鞋匠的未婚妻，鞋匠（由金隄扮演）打仗去了，公子造谣说他已经战死，要和他的未婚妻（由祖彬扮演）结婚。祖彬最初不肯答应，说我不如她高，背靠背比了一下，我比她高了一公分，这有我们50年后在北大重逢的照片为证。此外，祖彬的小妹祖芬上过昆明天祥中学，而我是她的英文老师。这样说来，我和梅校长一家可以算是有缘分的了。

辑三

杨振宁和我

一　往事

在人生成功的过程中，须具有三种因素：（1）天才：学问方面，天才成分占得多。有无发明与创作是不只以得多少分数，几年毕业所能达成的。（2）努力：道德方面，努力成分占得多。每个人都有他所应做的事，做到尽善尽美就是成功。（3）命：事业方面，命或机会成分占得多。命指人在一生之中所遭遇到的宇宙之事变，而且又非一人之力所可奈何的。

——摘冯友兰语

在我认识的同学中，杨振宁的成功是三种因素都具备了的。第一，先谈天才，他4岁就认字，他的母亲教了他3000多个；而我4岁时才学会300个字，我的母亲就去世了。他5岁读《龙文鞭影》，虽然不懂意思，却能背得滚瓜烂熟；而我只会看白话小说，背《水浒》一百零八将。只有造型艺术，他用泥做的鸡使他的父亲误以为是一段藕，而我却会画唐僧取经。可见我长于形象思维；而他的逻辑思维却远远超过了常人。

冯友兰先生说：成功的人考试分数不一定高。这话对我说来不错，因为我虽然翻译了几十本诗词，但翻译课和英诗课考试的分数都在 80 分以下；而杨振宁却是分数既高，成功又大。他考入西南联大时，是两万人中的第二名。和我同班上叶公超教授的"大一英文"时，第一次小考要在一小时内听写 50 个词汇，5 个句子，回答 5 个问题，还要写一篇短文。我考了 85 分，这是我在中学从来没有得到过的分数；而振宁却得了 95 分。期末考试两个小时，他只一小时就交了头卷，成绩又是全班第一。而物理和微积分，不是 100 分就是 99，无怪乎他小时候就说将来要得诺贝尔奖金了。这不是天才吗？

成功的第二个因素是努力。每个人应该做的事如果做得尽善尽美，那就是成功。杨振宁在初中的两个暑假里，跟清华大学历史系的高材生丁则良学上古的历史知识和《孟子》，结果他全部《孟子》都背得出来。这不是尽善尽美吗？而我的历史知识却是听乡下大伯讲《三国》，自己看《说唐》等书得来的；至于《孟子》，我只会背开头一句："孟子见梁惠王"和"王何必曰利，亦有仁义而已矣"。我是学文的，他是学理的，这样一比，更看得出差距多么大了。

杨振宁的父亲武之教授说："1928 年我回国时，振宁 6 岁，在厦门和在清华园，我已感到他很聪明，领悟能力很强，能举一反三，能推理，还善于观察。他的表达能力也不错，在北平崇德中学念书时，参加演讲比赛，得过两个银盾，他的演讲稿是他自己准备的。"比起他来，我的领悟力、推理力、观察力都相差很远；只有表达力，他更善于说理，我更长于抒情；我在小学演讲得过第二，中学英语演讲也得过第二，所以后来在大学讲课，还能有吸引力，甚至有感染力。

振宁的二弟振平说："6 岁的大哥常去海滨散步，很多孩子都在拾贝壳。大哥挑的贝壳常常是很精致，但多半是极小的。父亲说他觉得那是振宁的观察力不同于常人的一个表现。"而我在画牛魔王大战孙悟空的时候，却只画了牛魔王的两只角，而没有画耳朵，因为我不知道牛耳朵画在什么地方，可见我的观察力差。

振平又说："振宁生来是个'左撇子'。母亲费了一番精力把大哥吃饭、写字改成右手，可是他打乒乓、弹弹子、扔瓦片，仍旧自然地用左手，因为人的左脑控制右手，而右脑控制左手。我常常在想他后来异乎寻常的成就也许和两边脑子同时运用有关系。"我写字、打乒乓，从来都用右手，所以重文轻理，不如他文理兼优了。

振平还说："念书对振宁是很不费劲儿的。他 7 岁就进了小学三年级。一般孩子对念书觉得是苦事，他则恰恰相反，他生来就有极强的好奇心，敏锐的观感。"我"有时翻开大哥高中时的国文课，记得在李白的《将进酒》长诗后面有他写的几个字：'劝君更尽一杯酒，与尔同销万古愁。绝对！'多年以后我问他为何把王维《渭城曲》的一句和李白的《将进酒》的一句凑在一起，他说那是父亲当年在安徽某小城的一个酒家看到的一副对联"。由此可见他是怎样毫不费劲就学到了古代诗句的。我后来把王维的"劝君更尽一杯酒"译成英文：

I would ask you to drink a cup of wine again.

又把李白的"与尔同销万古愁"译成：

Together we may drown our age-old grief and pain.

这就发挥表达力，把这一副"绝对"译成韵文了。

振平又说："大哥进了大学以后，开始念古典英文书籍，如《悲惨世界》。""他常常一面看，一面翻译出来，讲给弟妹们听。每天讲一小段，像从前中国的说书人一样。我们听得不但津津有味，而且上了瘾，每天吃晚饭后就吵着要他说书，可惜他有一个大毛病，在一本书还没讲完之前，他就已经开始讲第二本了。"振宁边看边翻译，说明了他学习不费劲的原因。我在大一时边听《政治学》边翻译成英文，也加强了中译英的能力。

振平还说："大哥常和一群年纪相当的教职员子弟骑车在清华园到处跑。他说他们常常从气象台所在的坡顶上骑车冲下来，在一段没有栏杆而只用两片木板搭成的小桥上疾驰而过。车行急速，十分过瘾。"我在中学时也喜欢骑自行车从坡顶上冲下来，但不是冲上独木桥，而是平坦的阳关大道。南昌第二中学从大门到二门之间有一道门槛，门槛正中有个缺口，只能过一辆自行车，但前轮和后轮必须成一直线，否则车子就会摔倒。我也喜欢骑车从缺口过，过了就得意洋洋，过不了也不会摔跤。这说明振宁骑车力求尽善尽美，我却甘居中游。振宁喜欢下围棋，"桥牌也很来劲儿"；我却觉得围棋是一片汪洋大海，不知从何下手，只喜欢下五子棋。桥牌只有 52 张牌，我可以在有限的小天地里显显身手。

振宁的妹妹振玉说："大哥童年时在清华的玩伴，画家熊秉明当时已显出艺术才华。他和大哥合作自制土电影放给难得有机会看电影的孩子们看。由秉明画连环图画，大哥在旧的饼干筒的圆口上装上一个放大镜，筒内装一只灯泡，当连环画在放大镜前抽过时，墙上即有移动的人物。"在当时困难的情况下，这真可以算是尽善尽美的土电影了。

武之先生总结说：振宁"天资聪颖，得天独厚，又刻苦努力，竟集学问之大成，成为世界级的科学家，已对人类做出重要贡献，为中华民族争光"。这就是说，在取得成功的三个因素中，他既有先天的才能，又有后天的努力。那么，第三个因素人生的机遇如何呢？

杨振宁自己说："从 1929 年到抗战开始那一年（1937），清华园的八年在我回忆中是非常美丽，非常幸福的。那时中国社会十分动荡，内忧外患，困难很多。但我们生活在清华园的围墙里头，不大与外界接触。"这就是他得天独厚的童年。1938年他在昆华中学高中二年级，却以同等学力考取了西南联大，据振平说，是两万考生中的第二名。我也在同一年考取联大，是外文系的第七名。第一名是江苏才女张苏生，她"大一英文"的成绩最高，比振宁和我都高10分。但大二时上吴宓教授的"欧洲文学史"，我的考试成绩居然比她高出两分，这就增加了我学好外文的自信心。有一次我和她合作打桥牌（Bridge：音译"不立志"），本来是一副"大满贯"（Grand Slam）的牌，她却"不立志"，只叫到"三比大"（3 No-Trump）就刹车了。这似乎预示了我们后来不同的命运。1942年她和杨振宁同时考入清华研究生院（那时叫研究院）。我因为应征到美国志愿空军去做英文翻译，直到1944年才入研究院；虽然没有念完，却将英国17世纪桂冠诗人德莱顿的诗剧《一切为了爱情》译成中文，这是我翻译的第一本文学作品。

1944年杨振宁考取清华公费留学美国，这是他一生成功的一个重要机遇。同时考取的有联大工学院的助教张燮。张燮是我中学时代的同学，他和熊传诏同班。熊是文科冠军，张是理科冠军，曾得江西省数学比赛第一名。来联大后，杨振宁是理学院的状元，张燮是工学院的状元。当时工学院有一门必修课程的考试最难通过，全班常有一半学生不及格，张燮只用了一半时间就交了头卷，而且得了满分，工学院的同学都说他是天才。但1957年杨振宁得诺贝尔奖时，张燮却在云南大学被打成了"右派"，从此一蹶不振，两个天才的命运如此不同，真有天渊之别！

在他们两人公费留美时，我报考了法国文学，成绩是第四名，只能自费出国。这是我一生的重要关头。假如我也去了美国，那20世纪就不一定有人能将中国古典诗词译成英法韵文了。在杨振宁得奖的前一年，我出版了英国名剧《一切为了爱情》，后一年又出版了法国罗兰的小说《哥拉·布勒尼翁》，还将毛泽东的诗词译成英文诗和法文诗。当时的高等教育部公布了《高教六十条》，说外语一级教授必须精通两种外文。在我看来，"精通"至少是要出版两种外文的中外互译作品，这也就等于外文界的诺贝尔奖了。不料评的结果，没有一个一级教授用两种外文出版过作品，而我这个符合规定，出版了中、英、法三种文字作品的人，却只评为最低级的教授，因此我想到，假如杨振宁像我一样在50年代初就回到中国，他肯定得不到诺贝尔奖，假如我留在国外，也不会取得今天的成绩。因为中国人的作品在国外属于少数民族的文学，在美国如果不受种族歧视就算好事，而在法国出版的中国古诗选都是不押韵的，所以我的诗体译文在国外很难出版，现在出了50多本，已经可以算是不幸中的大幸，这就是命运了。

杨振宁说过："我一生最重要的成就是帮助克服了中国人觉得自己不如人的心理。"英文和法文是英美人和法国人的最强项，中国人的英法文居然可以和英法作家比美，这也可以长自己的志气，灭他人的威风了。

二　久别重逢

衡量天才的标准是有所创造，而所创造的须对人类发生有益的影响而且有持久性。

——朱光潜译《歌德谈话录》170页

什么样的人才能做出什么样的作品。但丁在我们看来是伟大的，但是他以前有几个世纪的文化教养。

——朱光潜译《歌德谈话录》174页

杨振宁在南京参加"杨振宁星"命名仪式之后，（1997年）5月28日来到北京。我们自从西南联大毕业，已有50多年没有见面。最近我在三联书店出版了一本回忆录《追忆逝水年华——从西南联大到巴黎大学》，书中谈到我们当年一同上课的往事，他读了有兴趣，从美国发来电传，约我在北京面谈，并且寄来了两本《杨振宁文选》。

我在香港《今日东方》创刊号上读到他的文章，他说："我那时在西南联大本科生所学到的东西及后来两年硕士生所学到的东西，比起同时美国最好的大学，可以说是有过之而无不及。"这就是说，当时西南联大已经可以算是世界一流的大学了。西南联大是抗日战争时期北大、清华、南开在昆明联合组成的大学，现在三校都在争创国际一流水平，那联大的历史不是可以作为借鉴吗？

　　杨振宁为什么说联大比当时的美国大学还好呢？联大常委梅贻琦校长有一句名言，说大学不是有大楼而是有大师的学校。我们现在回顾一下，当年联大有哪些大师。杨振宁大一物理的教师是赵忠尧教授，赵在1930年第一次发现了正负电子对的湮灭现象。杨大二电磁学的教师是吴有训教授，吴在1923年随康普顿研究X射线的散射，证实了康普顿效应的解释，使康普顿在1927年得到诺贝尔物理奖。杨的大二力学教师是周培源教授，学士论文的导师是吴大猷教授。杨说，他从周吴二位"学到的物理已能达到当时世界水平。比如说，我那时念的场论比后来我在芝加哥大学念的场论要高深，而当时美国最好的物理系就在芝加哥大学"。杨振宁又说："周先生……是中国广义相对论研究和液体力学研究的带头人。吴先生则是量子力学研究……在中国的带头人。量子力学是20世纪物理学最重要的革命性的新发展……没有量子力学，就没有今日的半导体元件，也就没有今日的计算机。"杨的硕士论文导师是王竹溪教授。吴大猷和王竹溪两位"引导杨振宁走的两个方向是对称原理和统计力学。这是他一生中主要的研究方向。"（《杨振宁文选》222页）而在1949—1950年间，在普林斯顿高等学术研究所里还"没有人研究统计力学"。（《杨振宁文选》62页）杨振宁在大三时选修过陈省身教授的微分几何，后来明白了陈省身－韦尔定理，领悟到"客观的宇宙奥秘与纯粹用逻辑及优美这些概念发展出来的数学观念竟然完全吻合，那真是令人感到悚然"。（《文选》203页）有了赵、吴、周、吴、王、陈这些理学院的大师，所以西南联大成了当时世界一流的大学。

联大文学院如何呢？文学院院长先是胡适，后是冯友兰。冯先生总结了二千五百年来儒家礼乐治国的哲学，可以说是20世纪的哲学大师。陈寅恪先生倡导以诗文证史，以史释诗文的方法，沟通了文史两科的内在联系，是文史界的一代宗师。中国文学系有散文大师朱自清，小说大师沈从文。诗人闻一多先生对《诗经》《楚辞》等的研究，都达到了国际水平。外文系吴宓先生是第一个研究中西比较文学的大师。钱锺书先生则学贯中西，直到目前为止，还很少有人能和他媲美。

在这些文理学院的大师引导之下，西南联大出了很多人才。除了杨振宁、李政道这两位得到诺贝尔物理奖的校友之外，物理系还有"两弹元勋"邓稼先，核武器专家朱光亚，半导体专家黄昆等人；数学系最突出的是王浩，他创立了新的数学理论——铺砖理论。1983年得到"数学定理机械证明里程碑奖"。工学院的人才也不少，如三峡水利枢纽的设计大师曹乐安，1959年对美国发射第一个卫星有功的何广慈，创建三元流动通用理论的气动热力学家吴仲华，使我国返回式卫星居于世界前列的卫星总设计师王希季，在美国最早参加电子计算机的开发者陈同章，我国

224

中远程火箭的总设计师屠守锷等人。文法学院则有香港基本法的起草委员、《国际法》的主编端木正，作家汪曾祺，诗人穆旦等。我虽然在学术上没有什么惊人贡献，但在国内外出版《诗经》《楚辞》、唐诗、宋词英译本，也是出自文法学院。

杨振宁说："中国学生念书远比美国学生念得好。中国学生中，念得好的很好，即使念得中等的也比美国学生中念得好的要好。因为中国学生受到几千年来的传统教育，学习上严格、认真、努力。""中国学生在考试成绩上一般名列前茅，但在做研究工作方面，中国学生就显得吃力，创造能力不够。"在我看来，杨振宁就是念得好的典型，他在联大物理和微积分的成绩是99分和100分，其他各科也都名列前茅，就连英文，也比我这个外文系的学生高出一分。而我却只是个中等学生，虽然法文和俄文也考了99分和100分，但英诗和翻译却只得78分。后来，我把古典诗词译成英、法韵文，却是重视了创造能力的结果。杨振宁说得好："一个人要用功读书，这是对的，可是除了用功之外，还要提倡能够想办法发展每个人的兴趣，有了兴趣，苦就不是苦了，而是乐。假如到了这个境地，我想很多工作就比较容易出成果了。"我出成果，正是因为把创造美当成了人生的最高乐趣。

杨振宁说："我在中国学到了推演法，在芝加哥大学又学到了归纳法，先后得到了中西教育精神的好处。"芝加哥大学费米教授研究风格的特点，杨振宁认为"是从物理现象出发，不是自原理出发"。我认为这个特点很重要，和我国一些翻译理论家的研究风格恰恰相反，他们不从现象出发，而自原理出发，凡是不合乎他们的原理的现象，他们就认为是错误的，或者是不好的。举例来说，《杨振宁文选》中引用了杜甫的诗句："文章千古事，得失寸心知。"这次他们夫妇来京，我就问他们是如何译的。振宁向我要了我的两本著译，一本是北京大学名家名著《中诗英韵探胜》，另一本是英国企鹅丛书中的《中国不朽诗三百首》。我在两本书上都题了这两句杜诗的英译文，一本把"得失"直译为 *gain and loss*，另一本意译如下：

A verse may last a thousand years.

Who knows the author's smiles and tears?

我自己更喜欢意译，但译论家却从直译典原理出发，认为前者更好。这就妨碍了创造力的发挥了。

我们久别重逢，振宁问我译了晏几道的《鹧鸪天》没有？接着他就背诵起来："从别后，忆相逢，几回魂梦与君同！今宵剩把银釭照，犹恐相逢是梦中。"我说译了，并且翻到《中诗英韵探胜》第 415 页。他一读到"舞低杨柳楼心月，歌尽桃花扇影风"，就说，他记得是"桃花扇底风"。我说有两种版本，"桃花扇底"说扇子上画了桃花，歌女边唱边摇扇子，歌舞通宵，累得连扇子都扇不动，扇子底下都没有风了。这样解释，那么上联的

"杨柳"就是楼名；如说"桃花扇影"，那杨柳和桃花都是实物，指楼周围的杨柳，和桃花留在扇上的影子，甚至留在风中的影子，月亮低沉，扇上和风中的桃花影子都消失尽了。两种版本，哪种对呢？两种解释，哪种美呢？如果很难说哪种对，我就按照更美的解释翻译。因为译诗的主要目的不是使诗人流传后世，而是使人能分享诗人美的感情。我认为译诗要巧，要发挥创造力。

杨振宁曾说过："中国的文化是向模糊、朦胧及总体的方向走，而西方的文化则是向准确与具体的方向走。"又说："西洋诗太明显，东西都给它讲尽了，讲尽了诗意也没有了。""中文的表达方式不够准确这一点，假如在写法律是一个缺点的话，写诗却是一个优点。"我很赞成他的见解。相对而言，"桃花扇底"更加准确、具体，是用空间的变化来表示时间的流逝，欢歌达旦，连歌女扇底下的风都停了。"桃花扇影"却更模糊、朦胧，可以说是扇上画了桃花，也可以说是月亮把花影留在扇上，甚至可以说是把花影留在风中，连风也染上了桃花色，和桃花一样陶醉融化在歌声中，这就不止是用空间来表示时间，而是用声色的交融，视觉和逝觉合而为一，来描写欢乐之情，那不是比"桃花扇底"更有诗意吗？同样的道理，上联"舞低杨柳楼心月"可以理解为跳舞跳得月下柳梢头了，那是用空间表示时间，"楼心"我看应该是楼在杨柳中心的意思，和"扇影"是桃花留在扇上的影子一样，月低则不止是表示空间和时间，还可把月亮拟人化，说月亮观舞听歌入了迷，要低下头来看个清楚，听个分明，那描写歌舞通宵的欢乐之情，不是又更深了一步吗？不是更能表明中文写诗的优越性吗？无怪乎英美意象派诗人都以中国诗为师了。

《杨振宁文选》237页上说："做物理研究之三要素是三个 *P*: *Perception, Persistence, Power*，即眼光、坚持与力量。"我对振宁说："可以译成'眼力、毅力与能力'。"他说："那不是把'三 *P*'变成'三力'了吗？"我说："你本来就是力学大师嘛！"他在《杨振宁文选》139页上说：把"已有的知识和自己的见解……结合起来，从而冒出新的方向，这才是研究工作最重要的一点"。我看他不仅是在文化上，就是在科学上的论述，也能给我启发。杨振宁认为："自然界中存在四种基本相互作用：强作用、电磁作用、弱作用和引力。现在知道，传递这些作用的都是杨-米尔斯场。"把这些作用和自己的见解结合起来，我认为，两种文学在翻译时存在三种势态：优势、均势、劣势。译者要化劣势为均势，充分发挥优势。这种说法似乎牵强，但对我而言，却能解决问题。

总而言之，振宁在科学研究上取得了大成就，我也在文学翻译上取得了小成果。归根结底，不能不感谢西南联大和清华研究院给我们的教育。联大所以成为世界一流的大学，我看一是因为有一批学贯中西的大师，二是因为培养了一批有创造力的学生，三是因为学术自由，领导民主，员工精干。联大师生比例是一比十，教职员的比例是十比一，可供今天大学参考。邓小平同志说过："不管白猫黑猫，能抓老鼠就是好猫。"又说："他愿做知识分子的后勤部长。"我看联大师生多是好猫，领导又是后勤部长，所以能成世界一流大学。今天我国不少大学都在争创一流，我看可在出人才、出大师、学术民主三方面下功夫。国内有个外语学院，现在改大学了，8年前发表了一篇和我"商榷"的文章，内容一无可取，我3年前才看到，写了一篇答辩，不料该院学报却不登载。学术上这样不民主，能提高水平吗？更不用谈国际一流了！

振宁是和夫人杜致礼同来北京的，我和夫人照君同去清华园看他们，并且共进早餐。振宁在昆明教过致礼，他问照君是否也是我的学生？照君说是，并且告诉他，她年轻时见过毛泽东主席，毛主席一听她的名字就说：昭君是要出塞的，结果她果然在塞外工作了18年。我问致礼：1945年昆明市在拓东体育场开运动会，杜聿明将军带了子女绕场一周，其中有没有你？致礼说有。那就是说：50年前，我们曾经相逢不相识了。致礼说，她同振宁参观过吴冠中的画展，非常欣赏。振宁问我是不是认识吴冠中。我说是留法同学，近来我们还互相赠书，会过两次餐。我问振宁，能不能为我的《追忆逝水年华》英文本写篇序言。致礼说他太忙，振宁却说："我在睡觉前抽时间看看，给你写一篇好了。"照君说："你们下次再来北京，我们一定请你们和吴冠中夫妇便餐。"欲知三路人马如何会师，只好听下回分解了。

三　科学与艺术

科学是一中有多，艺术是多中见一。

——杜朗特《叔本华》

叶公超是第一个把艾略特介绍到中国来的学者。他的《散文集》220页引用了艾略特的话说："一个人写诗，一定要表现文化的素质，如果只表现个人才气，结果一定很有限。"现在看来，《荒原》开始说："四月天最是残忍，它在荒地上生丁香，掺和着回忆和欲望。"这表现的是他个人的才气。他引用罗马诗人奥维德《变形记》等的文化典故，而且正典反用，这就是表现文化素质了。

赵萝蕤在1946年见过艾略特。她在《我与艾略特》中写道："7月9日晚上艾略特请我在哈佛俱乐部晚餐……他还为我带去的两本书签上他的名字。在扉页上他写了'为赵萝蕤签署，感谢她翻译了《荒原》'。他还给了我两张照片，并在上面签了名字。""在我们交谈之际，我十分留意察看这位学问十分渊博，诗艺又确实精湛的奇人，他高高瘦瘦的个子，腰背微驼，声音不是清亮而且相当低沉，神色不是安详而似乎稍稍有些紧张，好像前面还有什么不能预测的东西。那年他58岁。"

关于艾略特精湛的诗艺，赵萝蕤说："最触目的便是他的用典"，她觉得艾氏的引古据今和唐宋诗人用典不同。"宋人之假借别人佳句慧境与本诗混而为一，假借得好，几可乱真，因为在形式情绪上都已融为一体，辨不出借与未借"；而艾略特的用典，乃是"熔古今欧洲诸国自己精神与传统于一炉""处处逃避正面的说法而假借他人用他事来表现他个人的情感"。如借《安魂曲》的水手欢喜回家，和女打字员回家后的庸俗生活进行对比，表达他对凡夫俗子有欲无情的讽刺。

杨振宁也见过艾略特，他在《追忆逝水年华》英文序中说："许多年前，艾略特来参观普林斯顿高等学术研究所，有一天，在所长奥本海默家举行的招待会上，奥本海默对他说：'在物理方面，我们设法解释以前大家不理解的现象。在诗歌方面，你们设法描述大家早就理解的东西。'许在这本回忆录中写道：'科学研究的是一加一等于二，艺术研究的是一加一等于三'，不知道他的意思和奥本海默有无相通之处。"

我在《追忆逝水年华》中文本里说过："科学研究的是真，艺术研究的是美；科学研究的是'有之必然，无之必不然'之理，艺术研究的是'有之不必然，无之不必不然'之艺。"在英文本中又说过："中国诗词往往意在言外，英诗却是言尽意穷。"这就是说，中诗意大于言，英诗意等于言。如果言是一加一，意是二，那言和意相等的公式就是 1+1=2。如果言还是一加一，意却是三，那意就大于言了，所以公式是 1+1=3。三其实就是大于二的意思。如"春蚕到死丝方尽"，如只表示春蚕到死才不吐丝，那是 1+1=2；如还表示相思到死才罢，那就是 1+1=3；如再表示写诗要写到死，那更是 1+1=4 了。

这和奥本海默的话有无相通之处呢？奥本海默说：科学家设法解释以前大家不理解的现象。如 1957 年，杨振宁解释了宇称不守恒定律；在 1957 年以前，这是大家不理解的现象；但到 1957 年以后，大家就理解了。理解就是言等于意：1+1=2。奥本海默说：诗人设法描述大家早就理解的东西，如李商隐的"春蚕到死丝方尽"，如只理解为春蚕吐丝到死为止，那是大家都理解的，言等于意：1+1=2；如更理解为相思到死，那就不是大家都理解的意思，意大于言：1+1>2 或 1+1=3；如还理解为诗人写诗不死不休、那更不是大家能理解的，意更大于言，所以说 1+1=4 了。

杨振宁为我的《追忆逝水年华》写了英文序言，我先在《英语世界》上发表，题目是《旧雨重逢》。8 月 21 日他来北京，我把《英语世界》给他，还给了他一张西南联大教学大楼的照片，问他记不记得：一楼左手是陈福田教授讲大一英文 A 组的教室，对面是钱锺书教授的 B 组，隔壁是潘家洵教授的 C 组，陈省身教授讲数学也在那个教室。而三楼大教室则是朱自清、闻一多等教授给我们讲大一国文的地方。我还问他：1939 年 1 月 2 日朱自清陪茅盾来大教室做报告，他听了没有？他记不清了，但对照片很感兴趣。

他这次来北京大学做《美与物理学》的报告，开始讲到 1933 年得诺贝尔物理奖的狄拉克，说他有一次在普林斯顿大学讲演，讲后有人站起来说："我有一个问题请回答：我不懂怎么可以从公式（2）推导出公式（5）来。"狄拉克没有回答。主持报告会的人说："狄拉克教授，请回答他的问题。"狄拉克说："他并没有提出问题，只说了一句话。"这个故事说明狄拉克逻辑性强，因为听众不懂公式只是一句话，不是问题，所以他不回答。杨振宁说狄拉克的风格直截了当，不含渣滓，犹如"秋水文章不染尘"。

他又讲到海森伯在1925年引导了量子力学的发展，直接影响了核子发电、原子武器、激光、半导体元件等。他的风格和狄拉克的完全不同：朦胧，不清楚，有渣滓。他自己说："爬山的时候，你想爬某个山峰，但往往到处是雾……"杨振宁说："我想不到有什么成语可以描述海森伯有时似乎是茫然乱摸索的特点。"但是他说：狄拉克、海森伯方程的极度浓缩性和包罗万象的特点，也许可以用布莱克的不朽诗句来描述：

一粒沙中见世界，一朵花里见天堂。
一手掌握无限大，永恒不比片刻长。

而他们的巨大影响也许可以用蒲伯的名言来描述：

自然规律暗中藏，天命牛顿带来光。

那天晚上，陈校长在勺园设宴招待振宁，作陪的有我和几位副校长。沈克琦副校长拿出一份联大优秀生的名单来，物理系42级是杨振宁，43级是沈克琦，生物系43级是陈德明（曾任北大生物系主任），数学系42级是廖山涛（曾得第三世界科学院数学奖），43级是王浩（曾得数学里程碑奖，等于诺贝尔数学奖），外文系42级是张苏生，43级是林同珠。廖山涛和我大一时都住北院22号宿舍，说一口湖南话，很不好懂；有一次我发现了用六条直线画二十个三角形的方法，要考考他，不料他却从理论上证明：只要不是平行线，都可以画出二十个的。振宁却说：山涛在美国读博士学位时，说一口湖南英语，也不好懂，幸亏他的导师陈省身是中国人，答辩才能通过。我就谈到和陈省身教授打桥牌的事：有一次我叫 *3 No Trumps*，他说：*Double*。我想他是数学教授，计算精确，就改叫 *4 Hearts*，不料他还是 *Double*，结果 *Down One*。但如果打 *3 No Trumps*，倒是可以打成的，可见我是在心理上打了败仗。

宴席之前，北大送来一个蛋糕，祝贺振宁75岁生日。振宁说他的生日有三个：第一个是阴历的；到美国后，他把阴历8月改成阳历8月，这是第二个；回国后一查，才知道阴历折合阳历，应该是10月1日。所以今天是假生日，只能算是虚度75个春秋了。

宴席开始时，因为我是振宁大学同班，就由我来致祝酒词。我说："振宁今天下午做了一个非常精彩的报告。狄拉克是科学的风格，海森伯是艺术的风格。振宁的报告沟通了科学和艺术，把真和美结合起来了。他说狄拉克的文章读起来有如'秋水文章不染尘'；我看海森伯摸索前进的风格却像'山在虚无缥缈间'。振宁用中国古诗和西方名诗来描述科学家，不但沟通了中西文化，而且把古代和现代结合起来了。他讲到海森伯开创的方向经过狄拉克等的努力，最后完成了量子力学的架构，使物理学进入新时代，使我们看到科学是如何通过实验来发展理论的。总而言之，他的报告把古今中外科学的真和艺术的美合而为一，为建立21世纪的世界文化奠下了一块基石。"

振宁回美国后，11月15日早上起来时觉得胸口隐隐作痛，致礼要他去看医生，检查结果是有三条血管已经堵塞了70%，需要立刻住院进行心脏搭桥手术。手术进行了6个小时，接改了三条血管。后来他在香港中文大学的秘书黄小姐来信告诉我，说他的身体康复得很好。

1999年5月22日，振宁在纽约州立大学石溪分校退休了。在荣休的宴会上，他致辞时引用了李商隐的诗句："夕阳无限好，只是近黄昏"，并且译成英文：

The evening sun is infinitely grand,
Were it not that twilight is close at hand.

原诗每行五字，译成五个音步，不但内容准确，而且音韵节奏优美，显示了狄拉克的科学风格。我的译文却更接近海森伯的艺术风格：

The setting sun appears sublime,
But O, it's near its dying time.

他又引用了朱自清改作的诗句："但得夕阳无限好，何须惆怅近黄昏？"并且译成英文如下：

Given that the evening sun is so grand,
Why worry that twilight is close at hand?

Given 是几何学上常用的词，说明了这是科学家的诗。我也把译文作了相应的修改：

If the setting sun is sublime,
Why care about its dying time?

11月4日我同照君去美术馆看吴冠中的画展，遇见了杨振宁、熊秉明，还有法国驻华大使等人。那时我的《中国古诗词三百首》法文本出版了，得到诺贝尔文学奖评委的好评，说是"伟大的中国传统文化的样本"，令人赞赏钦佩。我送了一套给吴冠中、熊秉明和法国大使，并问振宁要不要？他点点头，微微一笑，要了一套，可见他不但能用英文译诗，连法文诗也能欣赏。法国大使说我译的古诗"冲淡典雅"，我听说法国总统希拉克也喜欢中国诗词，就请大使转交一套，大使说总统收到后一定非常高兴。我就对照君说：今天真是夕阳无限好，何需惆怅近黄昏了，并且译成法文：

Ce soir le soleil couchant est si beau.

Ne vous souciez donc pas de son tombeau!

怀念萧乾先生

60年前，我第一次见到萧乾先生的时间是1939年5月28日，地点是昆明西南联合大学东楼二层的一个教室。那时，萧乾从滇缅公路采访回来，经过昆明到香港去。他的小说《梦之谷》刚出版。联大高原文艺社得到消息，立刻请他来做报告，他只同意开个座谈会。谈到创作和模仿的关系，我记下了他的一句名言："用典好比擦火柴，一擦冒光，再擦就不亮了。"谈到理论和实践的关系，他说："理论充其量只不过是张地图，它代替不了旅行。我嘛，我要采访人生。"

那时，他只有29岁，已经在"梦之谷"里，滇缅路上，对人生进行过采访。我呢，我才18岁，还在学"画地图"。但他这两句话，给了我很大的启发。后来我"画地图"，总要问问是不是可以用于"旅行"；学习理论，总要看看能不能用于实践。尤其是关于翻译的理论，对于那些只会制造新名词，用新瓶子装旧酒，说起来叫人听不懂，一译起来叫人啃不动的理论家，我只敬而远之。像萧乾采访人生一样，我也采访了前人的文学译著，取其精华，去其糟粕，结合自己的翻译实践，提出了解决中英、中法互译问题的理论。即使是典故和成语的问题，我也不肯只按"地图"走路，而是脚踏实地，看看成语是不是也像火柴一样，一擦冒光，再擦不亮？如果成语运用得当，就像打火机一样，不管再擦三擦，都会冒出火光，那我就按萧乾这位"未带地图的旅人"给我指出的道路走。因为他说得对："地图不能代替旅行，然而在人生这段旅程中，还是有一张地图的好。"不过，在我看来，如果地图不符合实际的地形，那么，应该修改的不是地形，而是地图。

萧乾在《珍珠米·答辞》（1948）中说："创作家是对人间纸张最不吝啬的消费者，而诗人恰是这些消费者中间顶慷慨的。像一位阔佬，除去住宅他还要占一个宽大空白的花园，这自然会引人妒忌。但是许多场合，这位主人是应享有那片空白的，因为他的内容毕竟来得更精密深湛，使读者首肯那空白不是浪费。在那上面，诗人留下了无色的画，无声的音乐。然而倘若一首诗连着排下去用分行隔开，在意象、气韵上并没有什么差别时，霸占一座花园别人哪肯服气？"又说："每逢看到那种除了分行和押韵之外，在辞藻意境上同散文没什么区别的诗时，我就益发难以容忍。"

这些真知灼见在我心中引起了强烈的共鸣。后来我把中国诗词译成英文、法文，都要问自己：译文中是否看得见无色的画，听得见无声的音乐？例如我译《诗经·采薇》中的名句："昔我往矣，杨柳依依。今我来思，雨雪霏霏。"看到前人把"依依"译成 *softly sway*（微微摇摆），把"霏霏"译成 *fly upward*

（飞扬），总觉得"在辞藻意境上同散文没什么区别"。所以自己动手的时候，就把"依依"理解为依依不舍地流下了眼泪，恰好"垂柳"的英文是 *weeping willow*，法文是 *saule pleureur*，都有流泪的意思，我就把"依依"英译为 *shed tear*，法译为 *en pleurs*。至于"霏霏"，我的英译全句是 *Snow bends the bough*（大雪压弯了树枝），来象征给战争压弯了腰肢的士兵；法译却利用岑参"千树万树梨花开"吟雪的名句，译成 *La neige en fleurs*。这样，译文可以使人看到士兵战后回家的形象，听到无声的音乐。我这种再创的译文得到了一些好评，也受到了一些责难，主要是说我不忠实于原文。我却认为忠实并不等于形似，更重要的是神似。1988 年《英语世界》社举办的一次招待会上，我和萧乾面谈过译诗的问题，他说我的成绩很大，没有浪费那些"空白"，这给了我很大的鼓舞。

1994 年 7 月，台湾太平洋文化基金会举办了一次"外国文学中译学术研讨会"，邀请萧乾和我参加。我们都只作了书面发言，萧乾的发言题是《文学翻译琐谈》，我的题目是《文学翻译何去何从？》。萧乾在《琐谈》中说："我有时用温度来区别翻译。最冷的莫如契约性质的文字……文学翻译则是热的，而译诗是热度尤其高的。这里的'热'指的当然是情感。科技翻译只能——也只准许照字面译，而文学翻译倘若限于字面，那就非砸锅不可。我认为衡量文学翻译的标准首先是看对原作在感情（而不是在字面）上忠不忠实，能不能把字里行间的（例如语气）译出来。""一个译者（指的当然是好译者）拿起笔来也只能揣摩原作的艺术意图，在脑中构想出原作的形象和意境，经过'再创作'，然后用另一种文字来表达。"萧乾的发言形象生动，我在发言中更用具体的事例来和萧乾的理论相印证。例如王之涣的名句："欲穷千里目，更上一层楼"，有人认为"千里"一定要译成九百九十九加一里，才算忠实，这就是不知道翻译的冷热。如果是科技翻译，一千自然不能译成九百九；但是文学翻译，这首诗《登鹳雀楼》的前两句是："白日依山尽，黄河入海流"，而太阳距离鹳雀楼只有一千里吗？更上一层楼，看得见千里外的黄河入海处吗？所以如果译成 *a thousand li*，在字面上是忠实的，但并不忠实于原诗的内容；如果译出了诗人登高望远的心情，字面上也许不忠实，却译出了原作的艺术意图，反倒是表达了原诗的意境。有人又要说：登高望远不是散文吗？不错，但原诗"欲穷千里目"（望远）和"更上一层楼"（登高）对仗工整，"楼"字又和"流"字押韵，可以使人看到无形的画，听到无声的音乐，所以"登高"可以英译成"*a greater height*"，望远，可以译成"*a grander sight*"，这样，译文既有双声，又有叠韵，还有对仗，就可以传达原诗人的感情了。

我和萧乾只见过三次面，第一次在理论和实践的问题上，第二次在散文和诗的问题上，第三次在翻译的问题上，他都给了我很多启发。现在萧乾离开了我们，但他播下的种子已经开出了鲜艳的花朵，结出了丰硕的果实。

程抱一和我

程抱一原名程纪贤，是法兰西学院第一位华裔院士。1949年他的父亲到巴黎联合国教科文组织工作，他刚中学毕业，因为国内正在进行解放战争，他就随父亲来到法国。那时我在巴黎大学写研究文学的论文，他也来文学院听课，就向我了解巴黎大学的情况，并且借阅了我的论文，作为参考。我在国内时，因为国民党政府封锁解放区的消息，所以对共产党的情况并不了解。他带来了一本斯诺写的《西行漫记》，借给我看，才使我对新中国有了初步的认识。

程抱一学习法语进步很快，只学一年，就阅读了很多文学作品，并有自己的见解。我在《追忆逝水年华》第216页上写道："（1950年）4月20日，上午程纪贤来谈。他说：人如果能达到美的境界，那就可以摆脱情欲和罪恶。他认为这是人的使命，没有这个使命，人和禽兽并没有多大差别；有了这个使命，人才成其为人。在他看来，纪德、艾略特、克洛代尔、萨特等作家都在揭露人生的悲剧，人没有完成使命的悲剧。但是这些作家没有看到：罪恶的根源是失去了平衡，失去了美。"现在看来，年轻时代的程抱一已经显露出智慧的光芒了。

　　纪贤的父母都是清华大学的校友，在巴黎时，请过我们几个巴黎大学的清华同学去他们家吃饭，游览他们家附近的布洛涅森林。7月20日，我们还同去罗马旅游。圣彼得大教堂内有米开朗琪罗雕刻的耶稣和圣母像，博物馆天花板上有拉菲尔描绘《创世记》的名画，真是美不胜收。不知道纪贤认为这些大艺术家是不是完成了人的使命？可惜我当时更关心的是同游的美人，没有和他谈论这个问题。我回国前，他的父母为我饯行，晚餐之后，纪贤和我们几个清华同学从凯旋门沿着香榭丽舍大道一直步行到协和广场，度过了在巴黎的最后一夜。离别前我送他一本《雨果诗选》，作为纪念。

　　我回国后，和国外失去了联系。后来从一本法国1962年出版的《中国古典诗选》中，读到了他和中法学者合译的古诗。1970年，听说他取得了巴黎大学的国家博士学位，在巴黎第三大学任教。1977年，他在法国出版了一本《中国诗论》，在欧美传播中国文化，起了很大的作用。书中附了几十首唐诗的法译文，翻译分为三步：首先将诗句逐字译出，然后把字联合成句，最后把句变为自由诗。如李白的"朝辞白帝彩云间"，他先把"辞"译成原型动词 quitter，再译成现在分词 quittant，表示在辞别的时候；"彩云"他先译为 nuages multicolores（多色云），在诗句中又改成更有诗意的 nuages irises（彩虹色的云），这种译法获得了很大的成功，既使法国读者了解中国诗的原型，又从字到句，从句到诗，逐步使人理解中法诗的异同。1982年这本书译成英文，在全世界传播，产生了很大的影响。

此外。他还出版了法文小说《天一言》(*Le dit de Tianyi*)，写一个中国艺术家在"文革"期间的遭遇，在法国多次得奖。书中有一句名言说：艺术并不模仿自然，反而迫使自然模仿艺术。这句话可以应用到文学翻译上来，说译文并不模仿原文，反而迫使原文模仿译文。试看"五四"白话运动以来，中国的白话小说并不模仿文言小说，反而模仿翻译的西方小说，就是一个例子。自然模仿需要注意分寸，不要成了翻译腔。换句话说，翻译的文学作品中，不应该出现作家不会写出来的生硬句子。由于他的成绩昭著，2002年，他当选为法兰西学院院士。

程抱一对中法文化交流做出的贡献并不是单向的。1984年他还在湖南出版了一本《法国七人诗选》，其中包括雨果的诗八首。现将他译的《清泉与大海》抄录如下：

清泉自高岩上流下来
涓涓流向大海，那倾帆
覆舟的大海却对他说：
"你，哭啼者，你来干什么？

该知道，我是风暴和恐怖，
澎湃扩展一直到天边，

我又何所需求于你呢?
你微弱得可怜,我浩瀚。"

对苦海深渊,清泉回答:
"你是大海,我愿无声给你
带来一点你所没有的,
几口可以解渴的净水。"

　　雨果的这首小诗可能借清泉之口,说明了人的使命:水要可以解渴,人要可以造福于世界。这个译文每行九或十字,而法诗原文每行八或九个音节,相差不多,正可以说明程抱一的译诗方法。

　　1999年北京大学出版社出版了我法译的《中国古诗词三百首》,我因为不知道他的通讯处,就请法国大使毛磊转交一部给他,得到他的回信。我和他译诗相同之处是:我们都注意传达原诗的形美和意美;不同之处是:他更重视节奏的音美,我更重视押韵的音美。懂得法文诗的人不多。只好把我译的《清泉与大海》也抄录于下,好作比较。

泉水从岩石上一滴滴
流入怒涛汹涌的海里。
埋葬水手的大海说:"你,

你来干吗？这样哭哭啼啼！

我的风暴使人害怕，
我的尽头就是天涯。
难道我还需要你吗？
小鬼，我是无边广大……"

泉水对无边苦海说道：
"我无声无息，不求荣耀，
我给你的，正是你缺少
的一滴淡水，人的饮料。"

　　1995年《文汇读书周报》曾经征询读者对《红与黑》五个译本的意见，结果读者多数喜欢对等的译文，少数喜欢再创的译文。在我看来，程译更重对等，如"哭啼者""苦海深渊"；许译更重再创，如"哭哭啼啼""无边苦海"。但是对等和再创并不是绝然分开的，如程把"彩云"译成"彩虹色的云"，就带有再创的意味：我再把"彩云"英译成"戴着云彩的王冠"，即使不用"彩"字，也可以使人联想到金碧辉煌的王冠。不言彩云而彩云自见，这又是更高级的再创了。有时不再创造，根本无法传达原诗的意境。如李白的《静夜思》："床前明月光，疑是地上霜。举头望明月，低头思故乡。"中国有望月思乡的传统，因为天上月亮圆，会使人想到地上家人团圆。但是英美人只说团聚（*get together*），不说团圆，所以看到圆月，不容易联想到家庭。翻译时如果只求对等，就不能传情达意了。因此我译"明月光"时，加了一个 *un lac*（湖），这就把月光比作水了，我又把"思故乡"译成 *je me noie dans la nostalgie*（沉浸在乡愁中），这样就用水，而不是用"圆"，把望月和思乡联系了起来。有人可能认为再创的翻译不忠实于原文和原作者，我却认为原作者和原文都应该使读者知之（理解），好之（喜欢），乐之（愉快），不能使读者知之、好之、乐之的译文，不能算是忠实于原作者的译文，贝多芬说得对："为了更好，没有什么清规戒律是不可以打破的。"